**기억과
기억
들**

KB057768

더 생각	스스로 생각하고 만드는 내 삶을 위한 실천
인 문 학	인문학의 존재 이유는 나를 둘러싼 세상에 질문을 던지고 내 삶과 존재하는 모든
시 리 즈	삶의 의미를 확인하며 더 깊이 이해하는 데 있습니다. '더 생각 인문학 시리즈'는
	일상의 삶에 중심을 두고 자발적인 개인을 성장시키며 사람의 가치를 고민하고

가치 있는 삶의 조건을 생각하는 기회로 다가가고자 합니다.

대한민국 대표 분단작가에게 듣는 기록되지 않은 역사

기억과 기억들

더 생각 인문학 시리즈 02

초판 1쇄 인쇄 | 2017년 12월 1일
초판 1쇄 발행 | 2017년 12월 10일

지은이 | 현기영, 전상국, 문순태, 임철우, 이순원
엮은이 | 통일인문학연구단(김종군, 김종곤, 박재인, 박성은, 한상효, 윤여환)
그린이 | 윤경 세솔

발행인 | 김태영
발행처 | 도서출판 씽크스마트
주   소 | 서울특별시 마포구 토정로 222(신수동) 한국출판콘텐츠센터 401호
전   화 | 02-323-5609 · 070-8836-8837
팩   스 | 02-337-5608

ISBN 978-89-6529-175-6 03810

• 잘못된 책은 구입한 서점에서 바꿔 드립니다.
• 이 책의 내용, 디자인, 이미지, 사진, 편집구성 등을 전체 또는 일부분이라도 사용할 때는
  저자와 발행처 양쪽의 서면으로 된 동의서가 필요합니다.
• 원고 | kty0651@hanmail.net

• 이 도서의 국립중앙도서관 출판예정도서목록(CIP)은 서지정보유통지원시스템 홈페이지(http://seoji.nl.go.kr)와
  국가자료공동목록시스템(http://www.nl.go.kr/kolisnet)에서 이용하실 수 있습니다.(CIP제어번호: CIP2017029029)
• 2009년 정부(교육과학기술부)의 재원으로 한국연구재단의 지원을 받아 제작되었습니다.(NRF-2009-361-A00008)

• 씽크스마트 • 더 큰 세상으로 통하는 길
• 도서출판 사이다 • 사람과 사람을 이어주는 다리

기억과 기억 들

대한민국 대표
분단작가에게 듣는
기록되지 않은
역사

현기영
전상국
문순태
임철우
이순원

통일인문학연구단

분단국가의
'기억-망각'에 맞서

제2차 세계대전의 종식과 함께 한반도는 일제 식민치하에서 해방되었다. 식민지 억압에서 벗어났다는 기쁨과 자신들만의 민족국가를 건설할 수 있다는 희망이 가득 차올랐다. 하지만 해방이 자신의 힘이 아니라 외세에 의해 이루어진 탓에 그러한 기쁨과 희망은 그리 오래가지 못했다. 반탁을 원하는 대중의 다수 여론에도 불구하고 신탁통치안이 통과되면서 한반도는 남과 북으로 분단된다. 하나의 민족국가를 건설하리라는 열망이 좌절되고 말았다. 실로 충격이 아닐 수 없었다. 그렇다고 해서 그 열망이 완전히 사라지진 않았다. 하나로 합쳐 온전한 민족국가를 건설하겠다는 열망은 상대를 강제로 내입(內入)해서라도 달성하겠다는 폭력적인 방식으로 비화한다. 우리 현대사의 최대비극으로 기록되는 한국전쟁이 발발한 것이다. 이는 예견된 바이기도 하다. 남북분단은 미·소를 중심으로 한 양 진영의 냉전 체제를 바탕으로 좌우익 간의 극심한 이데올로기적 대립 가운데 이루어졌고, '적 vs 아' '선 vs 악' '순수 vs 비순수'와 같은 이분법적 대립 구도가 과열화하였기 때문이다.

그렇게 시작된 전쟁은 수많은 희생과 동족을 살해하였다는 죄책감만 남기고 38선을 휴전선으로 대체하면서 3년여 만에 끝이 난다. 여전히 남과 북은 민족 전체를 온전히 대표할 수 없는 '결손 국가'로 남았다. 그러한 결손을 봉합하는 일은 전후 시급히 해결해야 하는 과제였다. 가장 효과적인 방법은 상대의 존재를 부정하는 것이었다. 이에 반쪽짜리 분단 국가는 자신이 민족의 정통성을 계승하는 적자임을 자처하면서 상대를 민족의 순수성을 훼손하는 반역자이자 한반도의 반을 불법적으로 점유하는 괴뢰집단으로 규정한다. 오로지 자신만이 민족을 대표할 국가임을 표방하고 민족을 전유하고자 한다. 같은 민족이지만 상대는 적이자 평화로운 자신의 삶을 침탈하려는 악으로 '삭제'해야 하는 대상이 되어버렸다.

분단의 논리는 곧 폭력과 죽음의 논리

이러한 삭제의 정치는 비단 남북 간에만 작동한 게 아니다. 그것은 국민국가 건설 과정에 놓인 분단국가 내부에서도 비극을 만들어냈다. 국민국가는 '국민'이라는 이름으로 차이를 배제하고 동일성을 확보해가는 과정이다. 자신과 동일하지 않은 사람은 '비국민'으로 국민의 범주에서 제외해야 하는 필연성을 지닌다. 더구나 한반도는 분단이라는 특수성이 있었기에 더 심각한 상황을 맞닥뜨렸다. 남북 간에 작동하는 이분법적인 분단의 논리가 내부에서도 여지없이 적용되기에 '비동일성=빨갱이=비국민'과 같은 등식을 성립시키고 즉각적인 폭력의 대상으로 만들어버렸다. 이청준의 소설 〈소문의 벽〉에 나오는 '전짓불'은 이를 잘 보여준다. 야밤에 갑작스럽게 방 안에 들이닥친 낯선 이들은 '전짓불'을 얼굴에 들이대면서 '이승만과 김일성 중 누구를 지지하는가?'라고 묻는다. 질문하는 이들이 어느 편인지 식별할 수 없는 상황에서 한마디의 대답은 생사를 갈라놓는다. 어느 한쪽을 선택하라고 강권하는 그 질문은 멸균작업을 위한 선별 절차였다.

그러한 선별 절차는 자신과 비동일시되는 대상을 완전히 박멸하고 '순수한' 무균 상태를 만들려는 과정이기도 하다. 예를 들어 단독정부 수립을 앞두고 일어난 제주 4·3이 그러했다. 1948년 '레드 아일랜드'로 지목된 제주에서는 한라산 금족령이 해제되던 1954년까지 섬 주민 전체의 10%에 해당하는 3만여 명이 군경과 서북청년단의 손에 죽어갔다. 또 좌익전향자를 계몽 지도한다는 명목으로 결성된 국민보도연맹(National Guidance of Alliance, 國民保導聯盟) 사건을 보면 연맹원의 상당수가 좌익사상과는 무관한 농민들이었음에도 한국전쟁이 발발하자 적에 동조할 가능성이 있다는 이유로 예비검속의 대상이 되어 전국 각지에서 학살되었다. 그 수가 20~30만에 이른다고 보고되지만 정확한 수치는 아직 확인된 바 없다. 한국전쟁이 막을 내린 지 30여 년이 흐른 1980년 5월 광주에서는 신군부의 계엄해제와 민주주의를 요구하는 시민들을 북의 지령을 받은 공산주의자로 매도하고 그들에게 총탄을 발포하였다. 남녀노소를 가리지 않은 공수부대의 무자비한 공격은 1,000여 명의 사상자를 내고 막을 내렸다.

이러한 역사만 보더라도 분단의 논리는 곧 폭력과 죽음의 논리라고 해도 과언이 아니다. 폭력과 죽음이 있는 곳이면 언제나 '상처'가 동행한다는 점에서 분단의 역사는 '상처의 역사'이기도 하다. 하지만 그 모든 상처가 기억되어 동등하게 애도의 대상이 되진 못했다. 분단의 논리는 여기에도 작동한다. 남과 북은 피해자의 논리 속에서 오로지 자신의 상처만을 기억하고 애도해야 한다고 요구해왔다. 매년 6월이면 '잊지 말자 6·25!'라는 슬로건 아래 종전일도 아닌 개전일을 기념하고, 일상적인 삶의 공간 곳곳에 박물관과 기념탑을 세우고 상처의 기억을 복기하고자 한다. 반면에 소위 '빨갱이=비국민'으로 분류된 죽음들은 기억해서는 안 되며 그에 대한 애도는 허락되지 않았다. 한국전쟁에서 자신이 죽인 같은 민족은 말할 것도 없고, 국가폭력으로 쓰러져간 망자에 대한 애도는 있을 수 없는 일이었다. 심지어 어쩌다 참지 못하고 새어 나온 비탄의 울음소리마저도 반역으로 번역되었다. 분단국가는 타인의 상처를 억압하고 망각하게 하면서 '자신=피해자'가 되는 기억만을 긍정하는 '기억-망각'의 정치를 통해 오로지 전자만을 공공기억(official memory)으로 인정해온 것이다.

우리 삶을 불안하게 만드는
'기억-망각'의 정치

문제는 분단국가 내에서 펼치는 이러한 기억-망각의 정치가 다음과 같은 두 가지 측면에서 오늘날 우리의 삶을 불안하게, 위태롭게 만드는 요인이 된다는 점이다. 첫째, 기억-망각의 정치는 종국적으로 남북 간의 지속가능한 소통을 가로막고 한반도의 긴장을 고조시킴으로써 우리의 평화로운 삶을 위협하는 요인들을 양산한다. 앞서 언급한 것처럼 분단과 전쟁은 하나의 민족국가 건설을 향한 열망이 낳은 비극이었고 남북 모두가 공통으로 겪은 상처의 역사다. 그런데도 분단국가는 가해자로서의 죄의식은 억압한 채 오직 피해자로서의 기억만을 강조하면서 이를 상대를 향한 원한과 증오의 감정으로 재생산하는 데 동원했다. 70여 년의 세월이 흘렀음에도 남과 북은 마치 어제 전쟁을 한 것처럼 적대적 관계를 유지하며, 교류협력을 위한 만남은 참을성 있는 대화로 지속하기보다는 작은 의견충돌에도 여지없이 감정적 대립으로 비화한다. 그럴 때면 우리는 또다시 전쟁에 대한 불안과 공포에 떨어야 한다.

둘째, 기억-망각의 정치는 역사적 정의 회복과 민주주의적 인권확립을 지연시킨다. 분단의 역사에서 빨갱이=비국민이라는 이름으로 죽어간 자들은 죽여도 상관없는 'what'(무엇)으로, 오랜 세월 동안 이름을 가진 'who'(누구)로 기억될 수 없었다. 피해자들이 오히려 국가를 위협한 가해자가 되어 오명을 뒤집어써야 했다. 제대로 된 진상규명과 책임자 처벌 등과 같은 역사적 정의를 회복하는 과정은 지연되었다. 살아남은 자들은 말을 잃은 채 침묵해야 했고, 상처의 감옥에 지난한 세월 동안 갇혀 살아야 했다. 물론 민주화 과정을 거치며 과거사에 대한 진상규명도 어느 정도 이루어지고 특별법도 제정되었으며 국가를 대표하여 대통령이 사과하면서 위안을 받기도 하였다. 하지만 아직도 기억될 수 있는 죽음은 빨갱이가 아니었다는 점을 확실히 증명할 수 있는, 그래서 '순수한 희생자'들에 국한된다. 이는 암묵적으로 '빨갱이는 죽여도 된다'는 전제를 극복하지 못하고 반인권의 위험을 우리 사회가 안고 살아간다는 반증이다. 다르다는 이유가 죽여도 된다는 의미가 아님에도 우리 사회는 그러한 논리에서 자유롭지 않다. 그러다 보니 '빨갱이'라는 기표가 정작 그것이 사실이든 아니든 상관없이 상대를 공격하는 데 손쉬운 무기로 사용되며 인권 침해 문제가 발생하곤 한다.

타자의 상처에 공감하는 시선으로
분단의 역사 '재-맥락화'

따라서 분단국가의 '기억-망각'의 정치에 맞서는 일은 남북 간의 긴장 완화와 한반도의 평화 그리고 역사적 정의의 회복과 인권적 삶을 위하는 것이라는 의미를 지닌다. 그렇다면 우리는 어디에서부터 시작해야 하는가? 그 방법의 하나는 분단국가의 공식기억으로서 우리 개개인에게 자기 서사로 내면화할 것을 요구하는 '분단 서사'를 넘어 연대와 평화 그리고 정의와 인권의 가치로 채워진 '통합 서사'를 사회적 기억(social memory)으로 바꾸어가는 일이다. 이는 역사의 사실을 왜곡하거나 거짓으로 꾸며 기억을 조작하는 것과는 아무런 상관이 없다. 오히려 통합 서사의 사회적 기억화는 분단의 논리에 따라 삭제되고 망각된 기억들을 복원하여 분단의 역사를 좀 더 객관화된 시각에서 바라보자는 것이며, 이를 통해 적대적 감정을 재생산하는 역사관을 탈피하고 타자의 상처에 공감하는 시선으로 분단의 역사를 '재-맥락화' 하려는 작업이다.

이러한 이유에서 주목할 것이 '분단문학'이다. 특히 1970 년대 이후의 분단문학은 5, 60년대 관변문학적 성격을 탈피하고 지금과는 다른 미래를 기획하고자 하는 욕망 속에서 삭제되고 억압된 기억을 기록하고자 하였다. 분단문학은 단지 허구적 이야기에 그치지 않고 공식적으로 기록되지 못한 기억들을 써내려간 또 하나의 '역사서'로서 분단이라는 엄혹한 현실이 양산하는 우리 사회의 문제들을 극복하고자 한 '횡단적' 성격을 지닌다. 분단문학은 우리에게 분단의 역사를 재-맥락화하여 접근할 눈을 제시한다.

하지만 이 책은 분단문학 작품 그 자체를 대상으로 하지 않는다. 통합 서사의 사회적 확산을 염두에 두고 이를 생산해내는 방법론을 모색하는 과정에서 기획하였기에 작품 내의 서사적 내용보다는 작가들의 '사유'를 따라가 보고자 하였다. 그래서 작품론이 아니라 한국을 대표하는 분단작가들의 구술로 채웠다. 2015년 가을부터 2년여간 전상국, 현기영, 문순태, 임철우, 이순원 작가를 차례로 만나 3~4시간 동안 인터뷰를 진행하였다. 인터뷰는 작가가 자연스럽게 분단문학을 하게 된 배경, 자신이 작품에서 주요하게 다루고자 한 부분 등을 자신의 생애사 및 분단의 역사와 관련하여 구술해 내려가면 인터뷰어가 개입하여 질문을 던지는 방식으로 이루어졌다. 인터뷰 기록 내용은 1차로 전사(轉寫)된 후 독자들이 매끄럽게 읽을 수 있도록 물음과 답변을 수정·보완하거나 전후 배치를 다시 하는 방식으로 재차 편집되었다.

이 책이 부디 통일과 분단 그리고 우리 사회에 산적한 문제적 과제들을 고민하는 이들에게 도움이 되었으면 하는 바람이다.

인터뷰에 흔쾌히 응해준 5명의 작가들에게 존경의 마음을 담아 감사하다는 인사를 드린다. 인터뷰 과정에서 작가들의 생각을 더 풍부하게 이끌어내기 위해 본의 아니게 상처를 건드린 부분이 있다면 사과하고 싶다. 또 책의 기획의도에 동감하고 출판을 맡아준 씽크스마트 김태영 대표와 약속된 일정을 항상 어겨가며 작업한 필자를 너그러운 마음으로 항상 인내해준 이순업 편집장에게도 감사의 말을 전한다.

2017년 겨울
김종곤 씀

차례

3장 문순태 작가 상처의 기억과 공동체적 삶

4장. 임철우 작가   산 자와 죽은 자, 과거와 현재

5장   이순원 작가   잊힌 역사, 잃어버린 시간

작가는 제주에서 출생하였다. 40년간의 작품 활동 중 3분의 1 이상을 제주도에서 일어난 4·3 사건에 대해 써오고 있다. 작가는 1978년 제주 4·3을 소재로 한 소설 〈순이 삼촌〉을 발표하면서 4·3 사건을 세상에 널리 알렸다. 4·3과 6·25를 전후한 제주도의 암울한 분위기로 그는 우울증을 겪기도 하였다. 제주 4·3을 지근거리에서 목격하였던 그는 4·3이 남긴 제주 도민들의 트라우마와 후유증을 이해하게 되고, 자신 역시 그로부터 자유롭지 못하다는 사실을 깨달으면서 본격적으로 4·3에 대해 쓰기 시작했다. 작가는 이를 두고 "4·3에 대해 쓰지 않고 견딜 수가 없었다"라고 말한다. 또한 4·3을 글로 쓰면서 비로소 자신을 짓누르고 있던 어떤 억압에서 벗어나는 해방감을 느꼈다고 한다.

4·3에 대한 글쓰기는 본인의 죄의식과 억압에서 벗어나는 길이었지만, 그의 삶은 그리 순탄치 못했다. 〈순이 삼촌〉〈지상에 숟가락 하나〉 등이 불온서적으로 지정되기도 하였고, 〈순이 삼촌〉으로 인해 군사정권하에서 모진 고문을 당하는 고초를 겪기도 했다. 그러나 이러한 시련도 문학에 대한 그의 신념을 꺾지 못했다. 오히려 그러한 정치적 시련이 작가로서 진정한 작품을 쓰게 해주는 계기가 되었다고 한다. 작가의 작품을 계기로 4·3 사건이 널리 알려졌고 진상 규명 운동이 재조명되기 시작했다.

서울대에서 영어교육을 전공한 작가는 영어 교사로 20년간 근무하기도 했지만 소설을 쓰는 일이 아닌 다른 삶을 생각해본 적이 없다고 한다. 한국을 대표하는 작가로서 그는 현재까지도 한국 현대사에 대한 거시적인 안목을 바탕으로 계속해서 소설을 쓰고 있다.

오욕의 역사, 민중의 역사

현기영

장부의 죽음과
제주 공동체의 몰락

**1975년 『동아일보』 신춘문예로 등단하신 이후 특히
제주 4·3과 관련된 소설을 많이 써오신 것으로
압니다. 선생님께서는 1941년생으로 4·3 발발 당시
7살이었는데, 그때의 기억이 선생님 작품 활동에 많은
영향을 미쳤으리라 생각합니다. 우선 선생님께서
기억하시는 4·3에 대해 말씀해주세요.**

우리 가족은 4·3 발발 직전에 성내로 이사 갔기 때문에 별 피해가 없었어요. 성내는 군경 토벌대가 완전히 장악하고 있었죠. 우리 가족은 성 밖의 노형마을에 살았는데, 외할아버지가 시국이 심상치 않다 생각하시고 성내로 이사 갈 때, 우리도 따라가서 외할아버지댁에 얹혀살게 되었죠. 아버지는 나중에 군인이 되었는데, 그 전에 좌우 쟁투 속에 행방불명으로 떠돌아다니셨어요.

직접 4·3 사건을 겪지는 않았지만, 우리 노형마을이 불탈 때 얼마 안 떨어진 곳에서 불타는 것처럼 하늘이 벌겋게, 불빛이 성내 하늘까지 미치더라고요. 그리고 그 불빛이 어머니와 누이동생 얼굴을 불그스름하게 물들였어요. 노형까지 한 5km쯤 떨어졌는데, 그 마을이 불타던 때의 느낌, 그 후부터 잡혀 온 빨치산들이 관덕정 마당에서 간이 재판을 받는 모습, 참수당해 진열된 머리들. 제주도에 관덕정이라고 있어

요. 중심가 광장인데, 우리는 그냥 '관덕정 마당'이라고 불렀지요. 잘린 목들이 그쪽에 나란히 진열된 것을 학교에 갔다 오다가 보고 그랬죠. 성내는 군경 토벌대가 완전히 장악하고 있으니 학교를 정상적으로 다닐 수 있었죠. 국민(초등)학교 1학년 때 그런 장면들을 본 거죠.

그때 보았던 광경들을 더 자세히 말씀해주실 수 있을까요?

이덕구 장두. 우리는 장두라고 하는데, 장두(狀頭)가 뭐냐 하면 '소장을 올린다'라는 말이 있지요. 백성들이 왕에게 호소할 것이 있으면 소장(訴狀)을 올리잖아요. 그 '장'을 따서, 여러 사람 중 맨 앞에 있는 사람을 장두라고 했어요. 우두머리, 민란의 지도자들을 장두라고 했던 거예요. 저 한 몸 바쳐서 만인을 구하겠다고 떨쳐 일어난 그들은 민란을 이끄는 존재이기 때문에 '장두'란 말에는 '장군'의 의미도 있죠.

이덕구 장두가 총사령관이었어요. 이분이 전투에서 사살되었다던가? 자살했던가? 하여튼 저는 십자가에 박혀 피 흘리고 있는 모습을 봤습니다. 그 장면은 사진으로도 존재하고 있죠. 그 후에 목을 잘라 머리를 전봇대에 여러 날 매달았어요. 그걸 '효수경중'(梟首警衆)이라고 하는데요, 목 자르는 것을 '효수'라고 하고, '경중'은 사람들을 놀라게 한다는 뜻입니다. '효수경중'은 조선시대의 용어입니다. 개화당 김옥균도 효수당했는데, 그 머리를 얼기설기 세운 나무에 매달아 놓은 사진이 있죠. 그게 '효수경중'이죠.

　이덕구 장두의 시신이 십자가에 묶여 전시된 모습은 어쩌면 예수 수난의 모습, 순교자의 모습을 연상시켰죠. 전시대 민란에서는 만인을 살리기 위해 제 한 몸을 바쳤지만, 4·3에서는 장두도 민중도 대학살의 소용돌이 속에 똑같이 파괴되고 맙니다. 그렇게 해서 전통적으로 단단한 유대의 제주공동체는 파괴되고 말았죠. 이제 제주공동체는 내용이 파괴된 빈 껍데기 형식만 남은 셈이죠. 관혼상제를 통한 형식만 남아 있는 것이죠.

4·3은 아직도
진행 중

〈순이 삼촌〉은 선생님의 대표적인 소설이라고 할 수 있습니다. 현재 제주 북촌에는 기념관도 설립되어 있을 만큼 대중적으로 널리 알려져 있습니다. 그런데 북촌이 선생님의 고향 마을이 아닌 것으로 알고 있는데, 소설의 배경으로 북촌을 선택한 까닭은 무엇입니까?

제주 노형의 희생자가 600명으로 가장 많아요. 북촌은 한 430명가량이 되죠. 그런데 왜 북촌을 선택했는가 하면, 노형은 우리 향리이니까, 그곳 어르신들이 저의 집안을 대충 아세요. 노형에 취재하러 갔는데, 어르신들이 위험한 일을 한다고, 오히려 절 꾸짖는 거예요. 그래서 북촌을 택했죠. 소설을 좀 더 드라마틱하게 만들기 위해선 한날한시에 집중적으로 대학살이 일어난 그 장소를 무대로 삼는 편이 좋을 것 같았어요. 북촌은 한날한시에 대학살이 이루어졌거든요. 그곳에서도 취재하는 데 애먹었습니다.

그 마을 출신 고교 동창생이 있었는데, 그가 북촌의 참사를 제보해주었죠. 그 친구의 안내를 받아 취재했는데, 처음엔 마을 분들이 입을 열려고 하지 않아 여간 애먹지 않았죠. 대학살의 참상은 발설해서는 안 되는 금기였기에 그분도 말하기를 두려워했어요. 떨리는 목소리로 알아들을 수 없는 말을 우물거리고, 눈물을 보일 뿐이었습니다. 세 번째 찾아갔을 때야 비로소 입을 열었죠. 주로 밤에 만나게 돼요. 낮에는 일터, 밭에 나가서 일하시기 때문이었죠. 그 무렵 서울의 어느 고교에서 영어교사 노릇을 하고 있던 저는 겨울 방학을 이용해서 취재하게 되었는데, 정말 제주 겨울은 음산하고 춥고 구름도 나직하고 해서 저의 가슴을 짓누르는 것 같았어요. 바람도 세고요. 그때는 조명 시설이 지금처럼 좋지 않았던 때라, 가로등이 없어 마을이 온통 캄캄했지요. 그곳에서 그런 이야기를 들으니 소름이 끼쳤어요. 처음에 그분들이 입을 열지 않기에 제가 그랬어요. "이렇게 말씀을 안 하시니, 나중에 저승에 가서 어떻게 돌아가신 가족분들을 만나겠습니까? 어느 젊은 작가가 와서 억울한 죽음을 밝혀 세상에 알리겠다고 했는데, 그걸 거절한다면 저승에 가서 무슨 낯으로 그분들을 만나겠습니까?"라고. 달래기도 하고, 눈물을 글썽이며 위협하기도 하면서 말해달라고 졸랐죠. 그랬더니 말을 꺼내기 시작하는데, 울면서 말씀하시는 거예요. 그렇게 사흘 동안 밤에 취재한 걸 토대로 소설을 쓰기 시작한 건데, 증언할 때 그분들의 표정, 눈물, 나직한 목소리를 생각하며 글을 쓰려니 저도 눈물이 나요. 거의 동일시 현상이 나타나는 거예요. 저도 4·3의 피해자인 것처럼 느껴졌어요. 4·3의 깊숙한 부분을 추체험한 셈이죠.

글 쓰는 일이 즐거운 것은 그 등장인물이 되기 때문이거든요. 등장인물과 일체가 되는 것. 그런데 4·3은 즐거움은 아니죠. 북촌 초등학교 운동장에 마을 주민들 모두 모이게 하여 장대로 가른 다음 인근 밭에 몰고 가서 사살하는 장면, 그 아우성과 비명, 기관총 총소리들을 소설로 써냈는데, 그것이 〈순이 삼촌〉이죠.

그 작품집 때문에 군 정보기관인 보안사에 잡혀가서 고문을 당했어요. 그때 느낀 것이 '4·3은 아직도 진행 중이고, 나 역시 4·3의 피해자다'였어요. 30년이 지난 그때에도 4·3은 현재 진행형의 사건이었던 것이죠. 제주 4·3 사건이 1948년에 발생했고, 1978년에 〈순이 삼촌〉이 발표되었지요. 30년이 지났음에도 불구하고 4·3은 여전히 살아 있고, 피해자 혹은 유족 입장에서는 트라우마로서, 발설할 수 없는 무서운 억압으로서 4·3이 진행 중이었던 것이죠. 4·3 이후에도 부당하게 적색분자로 찍혀 고초를 당하고, 유족들은 연좌제에 시달렸습니다.

　재일동포 사회에 제주 출신이 많아요. 4·3 때 많은 사람이 밀항해서 일본으로 도피한 것이죠. 그들이 고향의 학교에 장학금, 후원금을 보내오기도 했는데, 그것이 조총련 자금줄이라고 당국이 의심하여 혹독하게 고문당하고 감옥에 가고 그랬지요.

보안사와 경찰에 두 차례 끌려가서서 고초를 겪었다는 사실은 알고 있습니다. 엄혹한 그 시대에 말해서는 안 되는 것을 말했기 때문이겠죠. 그때의 기억을 떠올리고 말씀하시기가 힘들겠지만 조금 들려주실 수 있나요?

78년에 중편소설 〈순이 삼촌〉이 나오고, 1년 후에 다른 4·3 관련 단편소설들과 엮어 작품집 《순이 삼촌》을 발간했죠. 그 책이 나온 즉시 저는 군 정보기관인 보안사에 끌려갔습니다. 고문의 목적은 그 소설을 쓴 이유를 알아내는 게 아니라 앞으로 쓰지 못하게 하려는 것이었지요. 그래서 "너 왜 이따위 것을 썼어!" 하는 것은 "네가 뭐 때문에 매 맞는지 알아?"라는 뜻이었지요. 저를 고문하는 자는 두 명이었어요. 한 사람은 몽둥이질을 하고, 다른 한 사람은 보조 역할을 하는 거죠. 뼈가 상하면 안 되니까, 팔뚝지, 허벅지, 정강이, 엉덩이 등 살집을 골라 때리지요. 옛날 말에 헌 짚신이 되도록 맞는다는 말이 있는데, 제가 그렇게 몸을 돌려가며 살집 있는 곳을 빈틈없이 맞았던 거죠.

몇 달 뒤, 이번에는 경찰서에 끌려가게 됩니다. 5·18 광주 항쟁이 발발한 지 얼마 안 되어 잡혀간 것이죠. 더 이상 유통되어선 안 되는 《순이 삼촌》이 한 달 만에 초판이 매진되고 재판본 역시 베스트셀러가 되어 있으니 당국이 좌시할 리 없죠. 그 소설은 문단뿐만 아니라 지식인 사회, 운동권에서도 큰 반향을 일으키고 있었던 것이지요. 판매금지를 목적으로 나를 잡아간 겁니다. 경찰은 매를 때리지는 않았지만, 5일간 잠을 재우지 않고 취조했죠. 그러나 잠재우지 않기도 참기 어려운 고문입니다.

부인(否認)된 역사,
민중의 역사

고문이나 책 판매금지는 4·3의 기억을 지우려는 시도였다고 할 수 있지 않을까요? 분단의 구조 속에서 역사의 기억이 아주 중요하다고 생각합니다. 선생님께서는 이런 기억의 문제를 어떻게 생각하시나요?

4·3 당시에는 제가 어린 시절이었고, 그리고 성내에 살았기 때문에 그 사건에 대한 저의 기억은 처음에는 아주 조금밖에 안 되었지요. 지금 저의 뇌리에 저장된 4·3의 기억은 증언과 자료를 통해 추체험된 것입니다. 4·3의 기억은 역대 독재 권력이 망각하도록 강제해온 것이잖아요. 그러므로 저의 글

쓰기는 미력이나마 그 기억을 되살리기 위한 노력인 셈이죠. 공동체의 기억, 4·3에 대한 집단 기억을 망각의 늪에서 건져 올리는 일이 중요합니다. 현지에 있는 분들은 그 사건 자체에 너무 함몰되어 있기 때문에 말할 엄두가 나지 않을 거예요. 저도 그들과 더불어 현지에 있었다면 두려운 피해의식 속에서 발설하지 못했겠지요. 일찌감치 거기를 벗어나 서울에 와 있었기 때문에 그 우울하고 답답한 공기를 벗어날 수 있었고, 그래서 다소 객관적인 거리로 그 사건을 보게 되었습니다. 그래서 글을 쓸 수 있었지요. 만약 제가 제주도에 있었다면 글을 못 썼을 거예요.

일각에서는 4·3 사건을 부인하려고 합니다. 역사의 시계가 과거로 회귀하는 것처럼 느껴집니다. 선생님께서는 왜 그런 현상이 일어나며, 그 의미가 무엇이라고 생각하시는지 묻고 싶습니다.

지방사, 변방사로서 4·3은 굉장히 중요하지요. 최근까지 역사 기술은 다분히 왕조사관이나, 식민사관이나, 유신사관 따위 지배세력의 사관에 입각한 것이었죠. 민주주의 국가, 공화국이라고 하지만, 그것은 형식논리일 뿐이죠. 지배계층의 언동을 기록한 것만이 역사는 아니잖아요? 그 밑에 민중의 역사가 있고, 변방의 차별받는 민중의 삶과 그들의 역사가 있죠. 왕조사관에 입각한 국조실록을 보면 민중은 민란이 일어날 때만 대두돼요. 그때에야 민중의 삶이 어떤 삶인지가 드러나요. 물론 국조실록에 재난 사실이 기록되기는 해요. 홍수가 있었다, 가뭄이 있었다, 역병이 있었다 등등 사실 기록들은 나오지만, 그 민중이 얼마나 고통을 받았고 가혹한 삶을 살았는지는 거의 기록에서 무시되었죠.

우리가 1948년 8월 15일에 국가가 재건되지 않습니까? (그것이 건국은 아니잖아요. 국가 재건이라고 하면 말이 돼요.) 민주국가, 공화국으로의 재탄생이니까, 역사도 민중의 역사여야 하지 않겠어요. '민주(民主)'니까요. 그러한 역사를 써야 하는데, 지금도 지배계급의 역사가 주류이죠. 일제강점기의 지배계급에 속했던 친일파가 해방 후에도 여전히 그 자리를 차지했는데, 여전히 그들의 후손, 그들의 정신적 후계자들이 지금의 지배계급을 이루고 있어요. 친일과 독재의 역사가 그들의 역사입니다.

우리는 민중의 역사를 원합니다. 4·3 사건, 그것은 민중의 역사에서 가장 참혹한 사건입니다. 대학살입니다. 비슷한 대학살 사건으로 육지에서는 보도연맹 사건이 있죠. 국가 공권력에 의해서 엄청난 대량 학살을 당한 것입니다. 우리가 민주주의 국가로 나라를 재건할 때, 우리는 당연히 국가가 민중의 생명과 재산을 보호해주길 기대했죠. 그것이 바로 국가의 존재 이유인데, 오히려 국가가 엄청난 대학살로 민중을 파괴해버렸지요. 민중이 역사의 주역, 주인이 되어야 합니다. 역사에는 국가가 이룩한 성공 사례뿐만 아니라 실패의 사례도 기록해야 합니다. 정의로운 사회를 위해서는 실패의 사례에서 배워야 하죠. 그래서 국가가 저지른 잘못, 지배계층이 저지른 범죄와 과오는 반드시 역사에 기록해야 합니다. 친일과 독재의 범죄와 과오를 기록하고, 4·3과 보도연맹의 대학살을 기록해야 합니다. 그러한 범죄와 과오는 현대사의 최악의 실패입니다. 그런데 역대 지배계급은 그 실패를 성공으로 둔갑시켜서, 빨갱이를 진압하고 자유주의를 성립했다는 식으로 역사를 기술하고 있어요.

그들은 '영광'과 '성공'만을 담은 교과서를 만들려고 했습니다. 그래서 제주 4·3 사건이나 보도연맹 사건은 정반대로 왜곡당하거나 부정되고, 무시되거나 폄하, 축소됩니다. '영광'과 '성공'은 날조되거나 과장된 것들이죠. 실패한 일도, 수치스러운 일도 숨기지 말고 '성공'으로 날조하지 말고 사실그대로 드러내야죠. 그래야 우리는 역사에서 뭔가를 배울 수 있습니다.

4·3의 죽음이 말하는 평화

4·3을 계속해서 기억해야 한다고 보시잖아요. 그런데 저희는 전쟁을 겪은 세대가 아니지 않습니까? 그런데도 그 상처를 기억하자고 말씀하셨는데, 그 상처를 기억하는 것이 어떤 의미인지 궁금합니다.

아까 말씀드린 것처럼, '국가란 무엇인가?'란 질문을 다시 한

번 음미해 봅시다. 세월호 사건을 겪으면서, 이 말은 우리 앞에 아주 중요한 질문으로 떠올랐습니다. 세월호 사건을 겪으며 4·3의 경우와 똑같은 질문을 하게 된 것이죠. 국민의 생명을 보호하는 것이 국가의 존재 이유인데, 보호해주기는커녕 죽도록 방기해버린 것이 세월호 사건이라면, 국가가 자신의 폭력으로 적극적으로 민중의 생명을 파괴한 것이 4·3 사건입니다.

그래요, 4·3을 통해 우리는 '국가는 무엇인가?'를 물어볼 수 있겠습니다. 국민의 인명과 재산을 보호해주지 못하는 국가는 무엇인지, 그리고 전쟁은 무엇이고, 평화는 무엇인지 생각해볼 수 있어요. 약소국가일수록 그런 질문을 하면서 전쟁이 아닌 평화를 생각해야 하지 않을까요. 지금 상태의 국가가 아닌 더 좋은 국가, 즉 전쟁이 아닌 평화를 모색하는 그런 국가를 생각해야 하지 않을까요.

전대미문의 대참사 4·3을 통하여 우리는 전쟁 반대, 평화 인권을 외칠 수 있습니다. 한국 국내뿐만 아니라 세계를 향해서 말해야 합니다. 4·3은 미국이 관여한 사건이기 때문에 세계사적인 사건이지요. 그러니까 세계를 염두에 두고 평화를 외치고 인권을 이야기할 수 있다고 봅니다. 제주도는 지난 정권에 의해 '세계 평화의 섬'이라고 명명된 바 있죠. 지금은 이름뿐이고 실속이 없지만, 앞으로 실속을 채우기 위한 좋은 프로그램들이 나와야 합니다. 사건이 발생한 지 반세기가 훨씬 지나서 제주도에 4·3평화공원과 4·3평화재단이 생겼는데, 이 기구들이 그런 역할을 일부 할 수 있을 것입니다. 요컨대 세련되고 좋은 예술적 표현물들과 창의적 프로그램들을 마련하여 관광객들을 끌어들이는 것이죠. 아름다운 풍광 속에 애달픈 4·3의 죽음이 있다는 것, 둘 다 관광의 대상이 될 수 있어요. 그러한 방식으로 국내외 관광객들에게 4·3의 참사를 일깨워줌으로써 '전쟁이 아닌 평화가 무엇인지' 깨닫게 해주자는 것이죠. 그것을 다크 투어리즘(dark tourism)이라고 하지요.

강정마을 해군기지 건설 반대 운동에 참여하셨잖아요.
그때는 어떤 생각을 하셨나요?

제주도가 이름만이 아닌 실속 있는 '세계 평화의 섬'이 되어야 한다는 것이죠. 세계의 정치가들이 아름다운 섬에 와서 4·3의 기억을 떠올리면서 협상 테이블에 앉아 전쟁이 아닌 평화를 논의하는 섬이 되었으면 좋겠고, 세계인들이 관광 와서 4·3을 통해서 평화와 인권의 소중함을 실감했으면 하는 것이 우리의 바람입니다. 그런데 그러한 우리의 바람에 찬물을 끼얹은 것이 강정 해군기지 건설입니다. '세계평화의 섬'에 전쟁의 전초기지인 해군기지를 세운다니요. 그때의 좌절감은 말도 못 해요.

4·3 트라우마 – 미완의 민주주의

선생님께서 김지하 시인에 대해 말씀하신 부분이
있더라고요. 많은 사람이 실망도 했지만 어떤 분들은
김지하 시인은 민주화가 달성되었다고 생각하신 것으로
볼 수도 있다고 말씀하시고요. 그래서 선생님께서 앞서
민주적 소통의 가치에 대해 말씀해주셨는데 그 부분은
어떻게 생각하시는지 듣고 싶습니다.

김지하 시인은 동갑인데, 가깝게 지내지는 않았지만 잠깐씩
만나기도 했죠. 유신시대의 공포정치는 참으로 무서운 것이
었죠. 몸으로 겪어보지 않은 사람은 모르죠. 저도 필화사건
때문에 보안사 끌려가서 고문을 당한 바 있지만, 그 공포는
참으로 견디기 어려워요. 고립무원의 지경에서 당할 때의 그
공포는 압도적인 것이죠. 게다가 그 친구는 사형 선고까지
받지 않았습니까. 그가 갇힌 곳은 협소한 독방이었어요. 생
명의 위기를 경험한 그는 그래서 생명에 대해 깊이 생각하게
되고, 감옥 창살에 쌓인 먼지 틈에서 풀포기가 자라나는 모
습을 보고 생명이 무엇보다 중요하다고 생각했지요. 자신의
생명이 몹시 위축되고 위협당하는 상황에서 메마른 토양에
서 솟구치는 그 풀포기의 생명은 그에게 어떤 느낌을 주었을
까요? 그 절실한 느낌을 저는 알 수 있어요. 저는 그가 평생
공포의 트라우마에 시달렸다고 생각합니다.

그가 감옥에서 나온 다음의 일인데, 원주에서 강연해달

라고 저에게 전화를 했어요. 그게 1982년인가 그 이듬해인가 그랬을 거예요. 장일순 선생님께서 살아 계실 때인데, 전두환 공포정치 시절이었죠. 제 강연은 민란에 대한 것이었죠. 제주도에 발생한 여러 민란들과 함께 그 일부를 소재로 한 제 역사소설 〈변방에 우짖는 새〉에 대해서 이야기했어요. 이런 이야기를 했죠. 작가는 공동체의 공동선과 공동 이익에 자신의 주관을 일치시켜야 한다고요. 작가는 공동체의 파수꾼이어야 한다고, 외침이 오고 외세가 쳐들어올 때, 또는 국가 공권력이 민중을 침학할 때, 꽹과리·징을 울려서 경중(警衆)해야 한다고, 즉 잠든 사람들을 깨워야 한다고 했죠. 지금 생각하면 치기만만한 언설이죠.

강연 끝나고 뒤풀이를 하는데 장일순 선생께서 이런 말을 하시더라고요. 숨어 있기 제일 좋은 곳은 적진 속이라고요. 그 말을 듣자, 지하가 날 보고 빙긋 웃으면서 "거 봐!" 하는 거죠. 그 후에 그는 적진 속에 숨어 있으려고 그랬는지는 몰라도, 『조선일보』하고 잘 놀고, 청와대에 있는 허문도라는 자와 잘 놀더라고요. 적진 속에서도 권력이 있는 곳에 가 있었는데, 아마도 거기가 가장 안전한 곳이라 생각했겠죠. 공포의 트라우마가 그렇게 만들었을 겁니다.

그런데 운동권 사람들의 눈에는 그가 적진 속에 숨어 있는 게 아니라 적에게 동화되어버린 것으로 보였던 거죠. 그게 구체적으로 나타난 것이 소위 '줄불 사태'라고 하는 분신 정국, 그때 그가 일갈하기를, "죽음의 굿판을 걷어치워라"라고 했지요. 그렇게 이야기해서는 안 되지요. 앞에서 언급했 듯이, 사형수로서 생명의 위협을 심각하게 느꼈던 만큼이나 생명에 대한 애착은 컸겠죠. 생명을 죽이는 자가 타자가 아 니라 자신일지라도 죄악으로 보았을 겁니다. 그러나 그 연쇄 분신의 죽음들이 너무 충격적이고 안타깝다면, 울면서 간곡 하게 말려야 하는 것 아닌가요? 그런데 그는 저 높은 위치에 서 내려다보며 개죽음한다는 식으로 그 죽음들을 멸시하는 것처럼 보였거든요. 박근혜를 공개적으로 지지한 일 역시 같 은 맥락이라고 봐요.

　하지만, 이렇게 단정적으로만 이야기하면 그에게 미안해 지지요. 감옥에 가기 전의 김지하와 구금되어 사형 선고를 받은 후의 김지하는 서로 다르다고 말하고 싶어요. 그 이전 은 우리의 훌륭한 전위, 우리의 아방가르드, 민주화의 기수 였지만, 그 이후는 죽음의 공포가 트라우마로 찌든 허약한 사내였다고 말하고 싶어요. 그래서 적진 속에 숨으려고 했던 거지요. 다른 사람에게서 들은 이야기인데, 어느 날 밤 꿈에 누군가 어둠 속에서 불쑥 나타나서 피를 한 바가지 끼얹더라 고 했어요. 그래서 누군가, 필시 예전의 고문자가 들이닥칠 까 봐 겁이 나서 집을 나왔다고 했어요. 공포에 시달리는 겁 니다. 집에 있어도 혼자 오래 있지를 못하는 것 같아요. 아내 가 외출하면 불안한 거예요. 한때는 알코올 중독까지 갔잖 아요. 두려움이 알코올 중독으로 만들기 쉬워요. 심장을 옥 죄는 트라우마를 덜어보려고 술을 마시지 않았겠어요? 슬픈

일이죠. 무자비한 국가폭력이 한 영웅을 망가뜨려 '살아 있는 죽은 자'(living dead)로 만들어버린 것입니다.

항쟁의 역사로서 제주 4·3

일각에서는 제주 4·3이 국가폭력으로 인해 발생한 참극이라는 점을 인정하면서도 그 잘못이 '과잉 진압'에 있었다고 해명합니다. 하지만 이러한 해명은 제주 4·3이 처음부터 계획되었다는 점을 축소하는 것이기도 합니다.

'과잉 진압'이라는 말은 진압 과정에 실수가 있다는 뜻이죠. 그러나 4·3 대학살의 경우는 '실수'가 아니라 미리 설계된 작전이었습니다. '백살일비'(百殺一匪) 작전인 거죠. 일제강점기에 만주에서 우리 독립군이 일본군을 상대로 싸워 크게 이긴 싸움이 봉오동전투와 청산리전투가 아닙니까. 그 두 전투에서 패배한 일본군은 보복으로 간도의 한국인 촌들을 습격하여 방화하고 민간인을 무차별 학살했는데, 그 작전이 '백살일비'였지요. 백 명을 죽이면 그중에 적어도 한 사람의 비적(독립군)이 있게 마련이란 거죠. 그 '백살일비'가 4·3항쟁에 적용된 거죠. 무장한 게릴라는 2, 3백 명 정도라고 했는데, 그러니까 그 2, 3백 명을 죽이려고, 그 수의 1백 배인 3만 명을 소탕한 것입니다. 계획적입니다.

다른 한편으로 제주 4·3은 항쟁의 의미가 있다고 봅니다.
이 부분에 대해서 선생님께서는 어떻게 생각하시고,
작품에서는 어떻게 드러났는지 궁금합니다.

〈순이 삼촌〉을 쓸 무렵에 4·3은 무서운 금기로 묶여 있었기 때문에 그에 대한 연구는커녕 증언조차 전무하다시피 한 상태였죠. 작품을 쓰기 위해 애써 자료를 찾아봤지만, 쓸 만한 것이 없고 거의 전부가 반공물이었죠. 그 사건을 7,8세의 어린 나이로 잠깐 겪은 나로서는 그 사건의 의미를 제대로 알 리가 없죠. 그렇게 무지한 상태에서, 그리고 유신권력에 대한 두려움 속에서 그 소설을 썼기 때문에, 봉기 혹은 항쟁 부분을 언급할 수 없었습니다. 중간자의 위치였어요. 항쟁 부분에는 침묵하고 민중 수난에만 초점을 맞췄습니다. 대학살의 만행을 자행한 토벌대를 비판하면서, '산군 쪽도 옳은 것은 아니다'는 입장이었어요. 〈순이 삼촌〉에 보면 산군을 '공비'라고 지칭한 대목도 나오는데, 지금 보면 우습지만 고치지도 않고 그냥 두고 있습니다. 그 소설은 지금이 아니라 40년 전인 유신시대의 산물이기 때문입니다. 그 무서운 공포시대에 그 책에 '공비'라는 단어가 나오지 않았다면 작가인 저는 더 혹독한 수난을 겪었을 테죠.

그리고 몇 년 후에 나온 두 번째 작품집 《아스팔트》에는 '공비' 대신에 입산자'라는 단어를 사용했죠. 4·3봉기도 다소 긍정적으로 썼죠. '국가를 재건하려면 남북이 통일된 정부를 세우는 게 옳지, 남북 따로따로의 단독정부가 웬 말이냐고, 통일정부가 제주도민뿐만 아니라 온 나라 백성의 소망이지 않았느냐, 삼척동자에게 물어봐도 통일국가를 세우는 게 옳지, 분단국가가 웬 말이냐고 할 것이라고, 바로 그것이 4·3항쟁의 이념인데, 그게 왜 틀린 소리냐'라고 저는 그 책에서 주장했죠.

이러한 주장을 내세운 청년들의 집단행동에 대해서 미군정의 탄압은 실로 혹독했습니다. 47년 3·1절 기념행사에서 평화로운 시위가 있었는데 거기에 미군정의 발포로 6명이 사망하고, 6명이 중상을 입은 사건이 발생하고 말았죠. 4·3봉기의 단초가 된 이 사건은 '3·1 사건'이라고 불리는데, 이 사건으로 총파업이 벌어지면서, 이때부터 시작된 검거 선풍이 1년간 계속되었습니다. '응원경찰'이라고 해서 충남, 충북, 전라도에서 경찰들이 대거 입도하고, 잔인하기로 악명 높은 서북청년단도 이때 들어옵니다. 서북청년단의 만행은 4·3항쟁의 직접 원인이 될 정도로 잔인무도했습니다. 혹독한 고문으로 불구가 된 청년들이 속출하더니, 드디어 세 건의 고문치사 사건이 발생했습니다. 속수무책으로 가만있다간 앉아서 맞아죽게 된 상황이었죠. 해상봉쇄령이 내려진 섬 땅에서 숨을 데라곤 한라산 산속뿐이었죠. 돈 있는 청년들은 밀항선 타고 일본으로 도망갔지요.

바로 이러한 상황에서 4·3 무장봉기가 발생한 겁니다. 조그만 섬이 어떻게 거대한 세계와 싸울 수 있겠습니까? 이길 수 없는 싸움을 왜 시작했을까요? 그것은 옴짝달싹할 수 없는 궁지에서 터져 나온, 강요된 항쟁입니다. 4·3봉기 선언문에 이런 문구가 나옵니다. '앉아 죽느니, 서서 싸우자.' 우리의 섬 땅이, 우리의 마을이 무자비한 침략 세력에 의해 짓밟히고 있는데, 남자는 잡혀가 모진 매를 맞고, 여자는 능욕당하고, 재산이 약탈당하는데, 피 끓는 젊은이로서 가만히 있을 수 있나요? 제주도는 오래된 공동체예요. 공동체가 위기에 처할 때 온 도민이 궐기하는 것이 그 공동체의 오래된 전통이었죠. 그러한 상황에 대해서 당시 검찰총장 이인 씨가 이렇게 말했어요. 제주 4·3봉기는 고양이에게 쫓겨 막다른 궁지에 몰린 쥐가 돌아서서 고양이의 콧등을 문 격이라고요.

서북청년단의 행위의 이면에는 분단, 남남갈등과 같은 문제가 있을 수 있습니다. 그렇다면 분단 극복과 통일의 방법에서 정서적 가치라든지, 선생님께서 앞으로 작품에 녹이고 싶은 가치들이 무엇인지 궁금합니다.

남남갈등에는 우선 지역감정이 있겠죠. 사실 지역감정은 인간 본성과 결부된 것으로 어쩌면 자연스러운 감정이라고 볼 수도 있죠. 영국도 마찬가지더라고요. 스코틀랜드와 잉글랜드는 정치적으로 대립 관계에 있어요. 독일의 경우에도 바이에른과 쾰른이 사이가 좋지 않아요. 그렇지만 지방자치가 되니까 큰 문제가 없잖아요. 그런데 우리나라의 지방자치는 형식은 있지만 내용은 부실하기 짝이 없습니다. 무엇보다 정치 분야가 너무도 중앙집권적입니다. 지방자치를 통한 정치권력 분산이 제대로 안 된 탓에 지역 간에 중앙정치 헤게모니 다툼이 끊이지 않습니다. 올바른 지방자치가 제도적으로 잘 정착되었으면 합니다.

또 하나는 남북분단이 낳은 정치 이념의 문제, 용공조작, 즉 매카시즘의 문제입니다. 일제강점기부터 시작된 매카시즘은 그 많은 세월이 흘렀는데도, 아직도 시퍼렇게 살아 한국의 정치를 파행적으로 좌지우지하고 있습니다. 매카시즘이 남남갈등을 일으킵니다. 남한 내의 분단인 셈이죠. 그것은 지역감정과도 결부되어 동서분단을 만들어왔죠. 아무 근거 없이 음해할 목적으로 쏘아대는 좌익, 좌파, 빨갱이, 좌빨, 종북 같은 단어들이 치명적인 비수가 되어 정치판에 난무하고 있습니다. 이제는 이 더럽고 원시적이고 야만적인 정치판의 음해행위를 유권자인 국민이 궐기해서 추방해야겠지요.

트라우마 치유는 '사과'로부터

이런 학살 피해자들을 치유하고자 한다면 우리는 어떤 행동을 취해야 할까요? 어떻게 상처에 접근하여 치유의 방향으로 나아갈 수 있을까요?

그게 참 어려운 거예요. 트라우마는 피해자들에게만 있지 않습니다. 극히 일부일 테지만 대학살에 가담했던 가해자들도 알게 모르게 트라우마를 겪어요. 그런 이들은 비교적 양심적인 사람들이겠죠. 당시에는 자신의 행동이 옳았다고 생각했는데, 그 후 전쟁이 끝나 평화의 시간이 계속되고, 80년대 민주화 운동을 거치면서, 숨겨져 있던 4·3이 부각되자 양심에 가책이 생기는 거죠. 젊을 때와 달리 늙으면 마음도 약해져요. 명령에 따라 총을 쏘아야만 했던 그들은 때때로 악몽을 꾸고, 그 악몽에 피해자들이 나타나서 괴롭히는 거예요. 특히 사살 대상과 눈이 마주쳤다면, 그 대상이 아무 죄 없는 아이나 여자 혹은 노인들이었다면, 그 공포에 질린 눈빛이 오래 기억에 남거든요. 그 눈동자가 늙은 가해자의 악몽 속에 나타난단 말입니다. 악몽 속에서 죽은 사람이 산 사람에게 보복하는 겁니다.

그래요, 가해자에게도 그런 식으로 4·3의 트라우마가 나타날 수 있지요. 마음의 평화를 얻기 위해서 사과하고 용서를 구하고 싶어 하는 사람들도 더러 있을 겁니다. 트라우마를 풀기 위해서는 피해자와 가해자 사이에 화해의 과정이 있어야 합니다. 그러기 위해서는 가해자가 먼저 피해자에게 사과하고 용서를 구해야겠죠. 개인적인 사과는 거의 불가능합니다. 가해자 개인은 가해자 집단의 논리를 따라갈 수밖에 없으니까요. 개인적으로 사과했다간 '너만 잘났냐!' 하고 왕따 당하기 십상이죠. 4·3의 대학살은 집단의 범죄이기 때문에 사과하고 용서를 구하는 일도 그 집단이 해야 해요.

먼저 사과가 가능한 사회로 바뀌어야겠네요. 집단 내부의 상황도 필요하죠. 그런데 제주 4·3의 경우 노무현 대통령이 직접 사과했잖아요. 그 일에 대해서는 어떻게 생각하세요?

잘한 일 아닌가요? 이승만 정권을 대신해서 정부의 수장으로서 초창기 정부의 잘못을 사과한 것이죠. 그런데 그것만으로는 부족합니다. 국방부도 사과해야 합니다. 국가 재건 당시, 초창기 군부가 저지른 과오와 범죄를 지금의 군부가 대신해서 사과하는 것이죠. 죽은 아비의 잘못을 아들이 대신해서 사과하고, 죽은 선배의 잘못을 후배가 대신해서 사과하는 것이죠.

10여 년 전, 어느 신문사가 미당문학상을 제정해서 문단에 큰 물의를 일으켰습니다. 그때 저는 작가회의 회장 노릇을 하고 있었던 터라 그 문제 논의에 직접 관여할 수밖에 없었습니다. 그때 저는 이렇게 말했습니다. '선배 문인들의 친일 문제는 한국문학의 깊은 상처다. 일제강점기를 관통하면서 한국의 민족문학은 큰 상처를 입었다. 돌아가신 선배 문인들의 친일 과오를 그들을 대신하여 후배인 우리가 민족 앞에 사죄한다. 〈국경의 밤〉의 시인 김동환의 경우, 그 아들이 부친을 대신해서 사과했듯이, 우리도 후배 문인으로서 선배를 대신해서 친일 과오를 민족 앞에 사죄한다'라고 했습니다.

노무현 대통령이 제주도민에게 한 사과도 같은 맥락인 거죠. 그렇게 정부의 공식적인 사과 표명에도 불구하고, 4·3의 가해자 집단의 중심과 그 후계 세력은 여전히 4·3을 부정하고 폄하하고 왜곡하는 일을 계속하고 있습니다. 이제 국방부가 국민 앞에 사죄해야 합니다.

〈한 장 요약〉

진실성 있는 사과와 용서를 바라며

　　현기영 작가에게 어린 시절 제주 4·3에 대한 기억은 아직 뇌리에 깊이 박혀 있다. 마을들이 불탈 때 밤하늘의 구름에 번진 불빛을 바라보던 어머니와 누이의 얼굴이 불그스름하게 물들었던 기억, 제주 관덕정 광장에서 유격대 총사령관 이덕구의 시신을 봤던 기억까지 너무나도 생생하다. 그리고 이러한 4·3 기억들로 어린 시절 그는 우울하고 말수가 적은 아이였다.

　　이러한 경험이 4·3에 대해 펜을 놓을 수 없게 한다. 현기영 작가에게 4·3은 "말하지 않으려야 말하지 않을 수 없는" 것이었다. 그래서 그는 자신을 무당에 비유한다. 신내림을 운명으로 받아들이지 않으면 무병앓이를 해야 하는 무당의 운명처럼, 제주 4·3에 관해 이야기하는 것이 고통이지만 멈출 수 없다. 그는 제주 4·3의 가장 큰 피해 지역 중의 하나인 북촌마을을 직접 취재하고 그에 대한 내용을 〈순이 삼촌〉으로 집필하였다. 그때가 1978년, 4·3 사건 30주년 되는 해였다. 작가는 그 소설을 통해 30년이 지났음에도 불구하고 제주 4·3은 여전히 살아 있고, 피해자 혹은 생존자 입장에서는 트라우마로 4·3이 여전히 진행 중이라는 사실을 보여주고 싶었다고 말한다.

　〈순이 삼촌〉을 세상에 내놓은 후 그는 당시 권력에 의해 모진 고초를 겪기도 했지만 그가 한국 사회에 일으킨 파장은 굉장했다. 제주 4·3의 기억을 생생하게 떠올리게 하는 동시에 제주 4·3의 진상을 세상에 알리는 계기가 된 것이다. 그러나 한국 사회에서 제주 4·3에 대한 기억을 부인하고, '폭도'라는 이름으로 가해자로 규정하는 시도가 여전하다. 〈순이 삼촌〉이 출간된 지 수십 년이 지난 지금도 작가가 제주 4·3에 관한 글쓰기를 계속하는 것은 제주 4·3의 역사가 '폭도'라는 레테르로부터 벗어나 민중사로 정립되기를 바라는 간절한 소망 때문이다.

　또한 그는 고향인 제주도가 나아갈 방향을 고민하고 있었다. 제주도가 단순히 참혹했던 역사를 기억하는 공간이 아니라, 세계를 향해 평화를 외치고 인권을 이야기할 수 있는 '평화의 섬'의 되어야 한다고 말하였다. 그러기 위해서는 진실성 있는 사과와 용서를 기반으로 한 제주 4·3의 트라우마 치유가 우선시되어야 한다고 강조하였다.

전상국은 1940년 강원도 홍천에서 출생하였으며 1963년 『조선일보』 신춘문예에 단편소설 〈동행〉으로 등단하였다. 장편보다는 중·단편소설을 선호한다는 그는 유독 분단 소설을 쓸 때 '신명'이 난다고 한다. 하지만 그 신명이 글을 쓰면서 느끼는 막연한 즐거움만을 의미하지는 않을 것이다. 소설이 허구라 할지라도 분단과 전쟁을 이야기한다는 것은 상처의 기억을 떠올리는 일이기 때문이다. 그의 신명은 여전히 분단과 전쟁의 질곡에서 벗어나지 못하는 우리의 삶을 소설화한다는 점에서 작가로서 소명을 다하고 있다는 역사적 책임감에서 나올 것이다. 그래서인지 그가 문학상을 받은 작품은 대부분 분단을 소재로 한다.

대표적인 분단 소설로는, 교과서에 실리기도 하고 드라마로도 방영된 적이 있는 〈아베의 가족〉이 있다. 이 소설은 분단과 전쟁의 상처가 치유되지 못하였을 때 당사자들뿐만 아니라 오늘날을 살아가는 우리 역시 왜곡되고 굴절된 삶을 살면서 결코 평안하고 행복할 수 없다는 점을 보여준다. 그의 또 다른 분단 소설 〈남이섬〉과 〈지뢰밭〉 등도 마찬가지 메시지를 전한다. 이 작품들에서도 작가는 분단 체제의 엄혹한 시선으로 인해 침묵해야 했던 상처(죽은 자들에 대한 죄의식을 포함하여)를 기억해야 한다고 말한다. 상처를 기억한다는 것은 곧 나만이 아니라 타자의 고통에 공감하는 첫걸음이 되며, 그럴 때 비로소 우리는 화해하고 공생할 수 있기 때문이다.

인터뷰에서 밝혔듯이 작품 전반을 관통하는 이러한 사유는 어린아이의 시선에 바탕을 둔다. 그가 어린 시절 전쟁 과정에서 보았던 사람들은 어느 한쪽만을 가해자로 혹은 피해자로 규정할 수 없다. 전쟁 시기의 마을 전쟁이 잘 보여주듯이 그들은 가해자이기도 했고 피해자이기도 했기 때문이다. 어린아이의 시선에서 우리는 비극의 역사로 인해 모두 상처 입은 사람들이었다. 그렇기에 그의 작품은 분단의 논리에 함몰되어 무게중심을 잃지 않고 역사를 객관화하려 했다는 평가를 받는다.

지금도 여전히 분단과 전쟁이 남긴 상처를 치유하고 통일로 나아가는 길을 모색하고 있는 그는 김유정 문학촌장을 맡아 김유정 문학을 알리는 한편 계속해서 작품 활동을 하고 있다.

우리 마음속 지뢰밭

전상국

유년의 기억을 바탕으로 한
객관화

선생님께서는 1963년『조선일보』신춘문예에 〈동행〉으로 등단한 이후 〈아베의 가족〉〈남이섬〉 〈지뢰밭〉 등 분단과 전쟁을 소재로 한 작품을 많이 써오셨습니다. 특히 분단과 전쟁이 낳은 상처와 그 치유에 관심을 두고 작품 활동을 해오셨다고 알고 있습니다. 어린 시절 전쟁을 직접 경험한 탓도 있겠지만, 여기에는 분단과 전쟁을 바라보는 선생님의 문제의식이 있으리라는 생각이 듭니다.

현재 우리는 분단이라는 현실 속에 살고 있습니다. 저는 한국전쟁이 분단의 고착화에 중요하고 결정적인 역할을 했지만 그 자체가 전부라고 생각하지는 않습니다. 한국전쟁은 1950년에 일어났지만 전쟁이 발발할 수 있는 여러 가지 여건은 그보다 훨씬 전에 있었습니다. 해방되면서부터 또는 해방 전부터 갈등이 발생했고 이념화될 가능성을 지닌 여러 요소가 잠재되어 커져 왔죠. 그것이 전쟁 때문에 수면 위로 올라왔어요. 전쟁이 분단을 결정적으로 만든 건 사실이지만 저는 작가로서 전쟁 그 자체에 큰 비중을 두지는 않습니다. 물론 전쟁이 안겨준 피해가 너무나 컸고 전쟁의 경험이 분단 극복이나 통일 지향에 큰 장애가 되는 것은 틀림없습니다. 그래서 저는 전쟁을 겪는 과정 중 분단으로 나타날 수 있는 여러 양상과, 분단으로 생긴 많은 상처와 아픔이 시간이 흐르면서 우리 삶에 끼치는 영향에 대해 작가로서 관심이 많을 수밖에 없었습니다. 그리고 그러한 상처와 아픔들을 진단하고 치유하는 작업이 제 글쓰기의 중요한 부분을 차지했던 것입니다.

저는 사실 전쟁 당사자라고는 할 수 없습니다. 전쟁에 직접 참여했던 사람들을 당사자라고 한다면, 저는 유년 시절에 전쟁을 겪었기 때문에 조금 비켜선 사람입니다. 그러므로 작가로서 제가 다루는 분단 이야기들은 제 유년 시절 기억에 근거한 관점으로 모두 재구성된 것입니다. 그 때문에 전쟁 당사자가 다루는 이야기와 다르다고 이야기한 적이 있습니다. 저는 분단 당사자는 아니더라도 열 살이라는 나이에 전쟁을 겪었습니다. 그래서 전쟁이 낭만적으로 비쳤을 수도 있습니다. 지금 생각해보면 전쟁이 주는 공포와 배고픔은 모두에게 다르지 않을 테지만, 그것을 떠나 어린 나이여서 '전쟁이 객관적으로 보이지 않았을까'라는 생각을 하면서 작품을 써왔어요. 전쟁을 조금 떨어진 위치에서 객관화하려 했다고 할 수 있습니다.

말씀인즉슨 어린 시절의 경험이 전쟁을 객관적으로 볼 수 있게 하였다는 것인데, 어떤 경험을 말씀하시는지요? 전쟁은 서로를 죽이는 과정이기에 끔찍할 수밖에 없는데 말이죠.

저는 어렸을 때 전쟁을 겪으면서 인민군을 직접 봤어요. 아니, 인민군을 보기 전에, 저는 38선 근처 홍천에 살았는데, 우리 쪽 군인을 국군 혹은 국방군이라고 했어요. 한국전쟁이 나기 전에 트럭에 국군을 싣고 38선 쪽으로 막 들어가는 모습을 보기도 했고, 전선에서 나는 포탄 소리도 들었어요. 싸움이 난 거예요. 붕대로 싸맨 머리에서 흐르는 핏자국이 보이는 병사들이 트럭에 실려 나오기도 하고……. 이미 6·25 전쟁 전에 삼팔선 근처에서 무수히 싸웠다는 이야기입니다. 남쪽의 표 아무개 소령이 춘천에서 군인들 데리고 월북도 하고 그랬습니다. 전쟁이라는 게 그런 거잖아요. 1950년에 한국전쟁이 정식으로 터지기 전에 산발적으로 전투가 많이 일어났죠. 저는 그러한 과정을 봤습니다.

전쟁이 일어나고 교육받기 시작한 것이 '빨갱이'라는 단어입니다. 빨갱이들이 쳐들어오려 한다고 배웠어요. 지금 아이들과 달리 제가 열 살 때만 해도 순수해서 빨갱이가 정말 얼굴이 빨간 줄 알았어요. 한번은 경찰서에 빨갱이를 잡아놨다고 애들이 보러 가자고 했습니다. 지금 저렇게 국군을 피 흘리게 만든 사람들이 어떻게 생긴 사람인지 그때는 너무 궁금했어요. 그래서 경찰서 뒷담에 올라가서 내려다보니까 마당에 포승줄로 손이 뒤로 묶인 사람들 일고여덟 명이 앉아 있더라고요. 그냥 일반인이었습니다. 군인도 아니고, 군복을 입어서 빨간 것도 아니었어요. 그런데 그중에 저를 굉장히 예뻐하는 우리 옆집 아저씨가 앉아 있는 거예요. 저랑 눈도 마주쳤는데 손을 흔들어줬습니다. 이때 제가 받은 충격은 엄청났습니다. '빨갱이는 내가 생각한 것과 다르구나'라는 생각을 그때 하게 된 것입니다.

우리 사회에서는 통일이나 분단 문제를 이야기한다고 하면 빨갱이라고 말하죠. 좌파적인, 그리고 진보적인 쪽의 논리를 펴면 빨갱이라고 생각해요. 하지만 빨갱이는 북쪽의 군인이나 그쪽 사람들이라기보다 뭔가 다른 생각을 가진 사람들이라 생각하게 됐어요. 이제 그 사람들이 무서웠어요. 그런 상황에서 전쟁이 터진 거예요. 전쟁이 터지기 꽤 오래전에 우리 아버지가 경찰서에 잡혀 들어갔는데 왜 잡혀 들어갔는지는 몰랐어요. 며칠 후 아버지를 둘둘 싼 가마니가 우리 집 앞에 버려졌어요. 고문을 받고 그런 것이죠. 우리 아버지는 잡혀간 이유를 제대로 밝히지를 않았어요. "아버지, 그때 왜 그렇게 잡혀 들어갔어요?"라고 한 번 물어봤는데 도장 한 번 잘못 찍어서 그렇다고 하시더라고요. 도장 한 번 잘못 찍으면 빨갱이가 되는 겁니다.

그러던 차에 전쟁이 터졌고 피난을 가지 못한 우리 가족은 북에서 내려오는 인민군들을 볼 수 있었어요. 한번은 할머니가 (인민군) 아이들을 보고 몇 살이냐고 물어봤어요. 열여섯, 열일곱 먹은 애들이더라고요. 어린애들이 키가 작으니까 긴 장총을 질질 끌고 다니는 거예요. 그렇게 인민군에 끌려온 사람들은 어린 사람들이 많았다는 것이지요. 집안에 형이 없는 저는 그들한테 친근감이 느껴졌어요. 총 손질을 하다

오발을 해서 놀라 자빠지기도 하고, 목욕하면서 낄낄거리고 웃는 걸 보면 우리와 다르지 않았지요. 제가 그때 전쟁 당사자였다면 그런 생각을 가지고 적을 바라볼 수 있었겠어요? 유년 시절의 그런 기억 때문에 그쪽 사람들과 이쪽 사람들을 객관적으로 바라보는 시각이 얻어지지 않았나 싶어요.

분단 체제에서 객관적인 시각을 가지기란 말처럼 쉬운 일은 아니라고 생각합니다. 분단과 전쟁 이후 남과 북은 자신은 피해자이고 상대는 가해자라는 이분법적 의식이 매우 강하기 때문입니다. 또 스스로 자기 쪽을 가해자라고 이야기하는 것은 금기에 가까운 일이기도 하고요.

전쟁이 일어난 후 가장 중요한 것은 '인식'입니다. 전쟁이 나고 인민군이 내려오면서 마을의 어떤 아저씨가 완장을 찼습니다. 그 아저씨 눈은 더 이상 날 쳐다보고 웃던 눈이 아니었어요. 전쟁이 난 뒤에는 완전히 살기 띤 눈이었죠. 그 사람은 한때 피해자였잖아요. 이제 가해자가 된 거예요. 난 그 아저씨가 사람을 찔러 죽이는 장면은 못 봤지만 아마 그 무서운 눈으로 자기가 아는 사람도 죽였을 겁니다. 사는 것이 다 그렇잖아요. 거기서 머슴살이하고 가난하고 피해를 봤던 사람, 그러니까 그 피해자가 전쟁이 일어나 완장을 차면서 가해자가 되는 것이지요. 또 다른 사람들은 피해자가 되고.

어릴 때부터 드는 생각이, 전쟁이 나면 사람들이 눈에 살기를 띠고 그 마음이 변한다는 것입니다. 그런 생각이 유년 시절에 각인되었습니다. 마음을 변하게 한 것은 바로 '이념'이라고 할 수 있어요. 어떤 이념이 들어가는 순간 갑자기 무서운 동물이 됩니다. 그때는 '이데올로기'가 무엇인지 모르고 나쁜 사람, 좋은 사람이라는 개념만 있었지만 나중에 '저 사람들이 가진 생각은 무엇일까?'라는 물음과 함께 이념은 무서운 것이라고 인식하게 되었어요.

이념에 따라 사람이 바뀌지만 결국 그 사람들은 이념의 당사자가 아니라 어떤 역사적 흐름의 피해자였다고 생각해요. 가해자와 피해자가 악순환하는 과정에서 제가 늘 생각하는 것은 결국 '모두' 피해자라는 점이에요. 제가 한국전쟁, 분단, 통일 문제를 이야기할 때는 양쪽이 다 피해자라는 생각에서 출발합니다. 이 생각은 변함이 없어요. 북한을 생각할 때도 그렇고 모두 다 피해자라고 봐요. 남북 중 어느 하나만이 가해자이고 피해자일 수는 없죠. 휴전된 이후에 자신만이 피해자라고 생각하니까 서로 갈등하는 양상이 계속되고 있지 않나 하는 생각이 들어요.

만남 그리고 갈등의 악순환

지금 전쟁은 휴전과 함께 중단된 상태가 아니고 과거의

피해의식으로 인해 다른 방식으로 지속되고 있다는 말씀으로 들립니다. 남북이 분단된 채로 60여 년의 세월을 살아온 현실을 두고 하시는 말씀 같은데요. 좀 더 구체적으로 남북의 어떠한 모습을 보고 그렇게 생각하시는지요?

'전쟁은 끝났고 이제 통일만 남았다'고 생각하면서 통일을 위한 작업을 하는데, 저는 이러한 생각에 동의하지 않습니다. 전쟁은 진행 중입니다. 냉전 체제 속에서 전쟁은 더욱 심화되고 있고, 전쟁은 계속해서 일어나고 있다고 생각합니다. 물리적인 형태의 전쟁이 아닌 다른 전쟁이 그 전부터 있었고, 또 한국전쟁이 끝난 뒤에 더욱 치열하게 분단을 심화하는 또 다른 전쟁 속에 우리가 살고 있다고 생각합니다.

이전에 남북이 화해의 제스처를 취하면서 7·4 남북공동성명도 발표하고 판문점을 통해 북으로 가니까 사람들이 막 흥분했어요. 저는 흥분하지 않았습니다. 그 장면을 바라보며 무슨 꿍꿍이로 만나는 건가 의심부터 생기더라고요. 통일을 위한 만남이 아니라 상호 간 이질화를 정당화하는 하나의 제스처, 그 전략일 것이라는 생각입니다. 이렇게 작가는 모든 것을 다른 각도에서 본다는 말이지요. 나라에서 하는 일을 다른 각도에서 바라보려고 하다 보니까, '좋긴 한데 잘될까? 혹시 더 멀어지지 않을까?'라는 물음을 가지게 되고, 결국에는 '더 멀어질 것 같다'라는 생각이 들었습니다. 그런데 그 생각이 맞았습니다.

막상 (북에) 가보니 예상했던 것과는 다른 세계였지요. 사는 형편도 나쁘지 않고, GNP를 따지는 것은 아니지만 이것 저것 하며 사는 모습이 괜찮게 보였습니다. 저쪽은 사람 사는 곳이 아니라고 했는데 그 말이 틀린 것입니다. 체제를 공고히 하고 자기 입지를 다지는 모습을 본 것입니다. 그러면 그렇지, 이거 안 되겠구나 싶어 돌아와 문을 더 굳게 잠그게 된다는 겁니다. 우리가 저들을 이기려면 이래서는 안 되겠구나 하고 느끼게 됐다는 것이지요. 그러니 자연히 위기의식, 불안을 느끼고 체제 경쟁은 더 심화할 수밖에 없었습니다. 그건 정권이 바뀌어도 마찬가지였습니다. 그래서 저는 분단 이후의 한반도는 '또 하나의 전쟁 사회'라고 생각했던 겁니다.

제가 지난번 터키에 가서 한국전쟁을 이야기할 때도 "한국전쟁은 끝나지 않았다. 전쟁은 진행이다. 남북의 만남은 냉전 체제를 유지하는 데 목적이 있는 것으로 보여서 달갑지 않다"고 했습니다. 만나면 만날수록 상대를 더욱 확인하게 되었습니다. 상대의 체제를 불신하게 했습니다. 분단 이후 가장 심화된 것이, 동질이 이질화되면서 서로를 인정하지 않고 자신이 가진 것의 가치 우위를 내세우는 일이었습니다. 그러니 상대를 자신과는 전혀 다른 존재로 여기고 부정할 수밖에 없지요. 그래서 만남은 오히려 남북이 더욱더 이질화하는 과정이라고 생각할 수밖에 없었지요. 저는 작가로서, 또한 인간으로서 그것이 안타까웠습니다.

**분단된 한반도에서 전쟁이 현재 진행형이라는 점에는
전적으로 동의합니다. 그리고 선생님의 말씀처럼 분단의
역사를 돌이켜 보면 남북의 만남은 곧이어 갈등으로
이어져 온 것이 부정할 수 없는 사실입니다. 그러나
남과 북이 만나지 않는다면 통일 역시 기대하기 힘들지
않습니까?**

물론 만남은 통일의 전제조건입니다. 말씀드렸다시피 그 만남이 불신을 키운다는 데 문제가 있습니다. 아니, 불신을 넘어 더 미워하고 험담하고 더 증오하게 하지요. 그런 요소들을 서로 찾는 과정이 오히려 남북의 만남이 아니었는가 하는 점에서 말씀드리는 겁니다. 이런 관점에서 보기 때문에 저는 남북의 만남에 별 기대를 하지 않습니다.

부부의 헤어짐도 마찬가지입니다. 부부라는 것은 두 개의 이념이라고 볼 수 있습니다. 이념은 서로 다를 수 있으니까요. 이렇게 다른 이념이 부부라는 동일성을 이루다가 갈라서는 순간 그동안 공유했던 모든 것을 부정하고 증오하게 되는 것이 문제지요. 그 공유하는 것 중에 자식이 있잖습니까? 피의 공유 말입니다. 그러나 헤어지면서 바로 아이들에게 "네 애비는 사람도 아니다" "네 에미 그거 나쁜 사람이다" 이렇게 서로가 앞다투어 불신과 증오를 심어줍니다. 부부가 헤어진 다음에 헤어진 것을 합리화하고 지금의 삶을 영속화하려는 방법으로 자식들에게 그렇게 합니다. 분단 민족인 우리에게 양 체제는 서로를 불신하고 증오하며 부정하게 했습니다. 따라서 저는 분단 이후 한국 사회의 가장 큰 문제는 '불신'이라고 생각합니다.

그런데 서구 영화 같은 것을 보면, 우리도 요즘에서야 법적인 책임을 지도록 하지만, 부부가 헤어진 다음에도 자식을 책임지는 그런 모습을 보이지 않습니까. 자기들끼리 헤어져도 자식을 위해 일주일 동안 함께 다니기도 하고 자식에 관한 일을 같이 의논하는 등 책임을 지는 모습을 보입니다. 헤어지면서도 부부가 공유했던 가치를 부정하지 않는다는 것입니다. 갈라섰더라도 그 자식에 대해 책임을 지는 태도야말로 함께 누렸던 동질에 대한 긍정, 그 동질을 통한 내일에 대한 희망, 그 가능성이라고 생각합니다.

분단도 똑같은 양상을 보입니다. 일반적인 부부들이 그러듯이 헤어진 다음에 서로를 불신할 뿐입니다. 그리고 어쩌다 만나 서로를 알고 교류하자고 하면서 그것을 통일론으로 내세우는데, 사실 따지고 보면 그것은 통일하지 않기 위한 전략일 뿐입니다. 위정자뿐만 아니라 그런 일을 하는 사람들이 전부 반통일적인 모습을 보였다고 생각합니다. 작가들은 원래 이렇게 부정적으로 봅니다. 남북의 만남 그 자체에 이질화를 더 합리화하려는 의도가 숨어 있었다고 본다는 뜻입니다.

'현재'에서 시작하는
뿌리 찾기

서로의 차이를 인정하면서도 정서적 격차를 줄일
만남을 지속하는 일은 통일에 한 걸음 다가가기 위해
무엇보다 중요합니다. 하지만 여기에는 또 하나의 산이
놓여 있습니다. 앞서 말씀하셨듯이 남북은 동족상잔의
비극을 경험하였고 그 상처가 상대에 대한 원한과 증오의
감정을 지속시키고 있습니다. 따라서 상처의 치유는 더
본원적인 문제가 아닐 수 없습니다. 치유의 문제에 대해
더 이야기를 나누고 싶습니다. 선생님의 소설을 읽어보면
마치 분단과 전쟁의 상처를 입은 사람이 자신의 이야기를
하는 듯합니다. 선생님께서는 군사정권 시절부터
지속적으로 분단 소설을 써오셨는데, 그런 소설을
지속적으로 쓰는 이유가 무엇이며, 그것이 선생님의
상처를 치유하는 효과가 있는지요?

분단 문제를 다룰 때, 제 머릿속에 각인된 유년의 기억에서 벗어나지 못하는 것은 사실입니다. 저는 작가로서 결국 유년 시절에 각인된 기억을 소재로 삼아 그것을 밑천으로 소설을 써왔습니다. 어린 시절의 그 기억을 모티브로 하여 작품을 쓰게 될 때 이야기가 잘 풀리는 경우가 많았습니다. 물론 어린 시절의 그 각인된 기억에는 제가 본 것도 있겠지만 전쟁이 끝나고 상당한 시간이 흐른 후에 들은 이야기, 그리고

그것을 토대로 하여 제가 상상한 내용이 섞이게 마련이지요. 즉 기억의 변형, 기억의 자유분방한 분열과 번식이 작품을 쓰는 신명이 되었다는 것입니다. 전쟁의 악령은 그러한 기억으로 제 안에 들어와 있지요. 예를 들어 무당이 굿을 하면서 가슴속에 맺혀 있는 무언가를 풀어준다고 하잖아요. 저는 글쓰기가 그런 무당의 역할과 같다고 생각합니다. 그래서 소설 쓰기를 통해서 뭔가 제 안에 각인된 악령과 교접하고 화해하고 논의하는 과정이 없다면 작가로서 저의 의미는 아무것도 없지 않을까 생각합니다.

시간이 많이 지나면서 그동안 제가 중요하게 생각했던 분단 문제 같은 것은 수면으로 가라앉고 말더군요. 관심의 지각변동이지요. 물론 저도 독자가 쳐다보는 방향에서 글을 써봤지만 신명이 나지 않더라고요. 쓰고 싶은 이야기를 써야 신명이 나는 법인데 그것을 외면한 글쓰기가 신명이 날 수가 없었다는 것입니다. 자기가 만드는 영화에 자신을 어떤 모습으로든 등장시키는 경우가 있잖아요? 저 역시 분단의 그늘, 상처와 같은 것을 넣어야 쓰는 즐거움이 생깁니다. 제가 만약 소설가가 아닌 화가나 음악가 혹은 사학자가 되었어도 분단의 상처를 다루지 않았을까 싶습니다. 아무튼 작가로서 저는 소설을 쓰면서 그것을 풀어내는 신명, 그러니까 제 속에 깃든 전쟁의 악령(원한과 증오)을 풀어내는 즐거움을 느껴왔다는 것을 고백합니다.

선생님께서 〈아베의 가족〉이라는 작품을 쓰신 지 40년이 다 되어가는데, 성폭행, 살인 등과 같은 비극적인 사건을 다루는 작품 속 장면이 인상 깊게 남아 있습니다. 소설은 픽션이라는 점을 알지만 그 장면이 실제 일어났던 일처럼 읽혔습니다. 그리고 실제로 그와 유사한 장면이 전쟁 체험담에서 발견되기도 합니다.

사실 소설은 개연성 찾기니까 그걸 체험했거나 이야기를 들었거나 추체험이 되었을 수도 있지만 제 소설은 우선 상상에서 시작합니다. 물론 모델이 있고 이야기가 있는 것도 있는데, 그걸 그대로 옮기지는 않아요. 저는 지금도 소설은 온전히 상상에 의해 만들어진다는 생각을 견지하고 있습니다. 있는 이야기를 써도 작가의 상상으로 재구성하지 않으면 문학이 되지 않는다는 것입니다. 가령 〈아베의 가족〉에 나오는 남자(김상만)의 경우, 뜻밖의 전쟁 속에서 아이와 사람들을 죽이고 죄의식을 갖지요. 전쟁을 통한 트라우마가 생긴 사람들끼리 일어날 수 있는 일을 상상으로 만들어내는 것입니다. 작가가 상상을 통해 만들어내는 것은 곧 개연성이라고 생각하면 됩니다. 전쟁이 일어난 나라, 전쟁이 스쳐 간 마을에는 대개 이러이러한 일이 있었을 것이라는 개연성 찾기가 소설 쓰는 즐거움이지요.

〈아베의 가족〉은 처음 장편소설로 구상을 한 것인데 이것이 중편으로 발표된 뒤 곧바로 MBC 6·25 특집 드라마 4부작으로 나갔고 그 이후로 그 후편을 못 쓰겠더라고요. 그 이야기는 미국에 살던 진호라는 아이가 뿌리를 못 내리고 주한 미군이 되어 한국에 와서 자신의 이복형 아베를 찾는, 즉 부모가 겪은 전쟁 이야기를 찾아보는 과정을 그렸습니다. 그때 아베를 찾지 못한 채로 소설은 끝이 났습니다. 후편을 구상할 때도 결국 아베를 찾지 못하는 것으로 끝내려고 했습니다. 아베는 분단 상황 속 우리 민족을 상징하는 인물, 그러니까 분단으로 인해 일그러지고 상처 입은 민족 정체성을 의미했기 때문이지요. 아베를 찾는다는 것을 잃어버린 우리 민족 정체성을 찾는다는 것, 즉 통일을 의미하기 때문입니다. 그리하여 이 작품은 결국 아베를 찾지 못하고 끝납니다. 엄마가 여기 춘천 호숫가에 데려와 놓고선 그냥 갔는데 죽었는지, 어떻게 했는지 아무도 모르게, 심지어는 작가도 모르게 끝납니다.

아베는 작가가 의미를 부여하면서 상상을 통해 만든 인물이죠. 그런데 전쟁이 끝난 뒤 우리나라에는 아베와 같은 상황이 많았나 봅니다. 그래서인지 소설이 드라마로 나오면서 전화를 참 많이 받았습니다. 아베를 봤다고요. 편지도 받고 전화 연락도 받았는데, 저는 깜짝 놀랐어요. 작가가 상상력으로 만들어낸 '아베'가 우리나라에 엄청 많다는 거예요. 한 번은 청주에서 연락이 왔는데, 소설 속 아베는 열아홉이지만 사실은 스무 살이고 아직도 우리 마을에 살고 있다며, 작가가 거짓말했다는 겁니다. 이런 이야기가 수없이 많았습니다. 그러니까 작가가 하는 역할이 이런 것이지요. 전쟁이 일어나는 상황 속에서 그러한 개연성은 얼마든지 있습니다. 〈아베의 가족〉은 순전히 허구이지만, 소설은 아시다시피 독자들이 실제 있는 이야기로 믿게 하는 거짓말이니까, 그러한 개연성을 찾고 그것을 근거로 하여 이야기를 펼쳐나가는 게 바로 소설이지요.

타인의 아픔에
손 내밀기

소설 〈남이섬〉은 남이섬과 고슴도치(위도)라는 두 공간에서 각기 다른 시간대의 이야기를 동시에 그려내고 있습니다. 그러면서도 각각의 공간에서 일어나는 일들은 상관성을 가지지 않고 다르게 전개됩니다. 다시 말하자면, 전쟁과 분단이라는 상처가 한 축을 이룬다면, 또 한편으로는 현대인에게 있는 실존적인 문제와 고민을 드러내고 있습니다. 왜 이러한 이원적 구조를 만드셨는지 궁금합니다.

저는 장편소설보다는 중·단편을 주로 써왔습니다. 특히 중편소설을 많이 쓴 편이지요. 제가 쓴 중편소설을 읽은 사람들은 전부 장편 감을 중편으로 만들었다고들 얘기합니다. 맞습니다. 장편이 될 이야기를 중편으로 그 구조를 압축해 쓰는 즐거움이 컸기 때문에 그럴 수밖에 없습니다. 너무 늘어진 이야기, 밀도가 없는 그런 이야기를 별로 좋아하지 않았다는 뜻이기도 합니다. 그러다 보니 제가 쓴 중·단편은 밀도가 있는 가운데 독자가 한눈을 팔지 못하게 하는 여러 요소를 복선으로 까는 그런 유기적 구조를 만들 수밖에 없었지요. 단일한 이야기보다는 두 개의 이야기가 교차하는 이중 구조의 소설을 중편소설이라고 생각하면서 작품을 만들었다는 것이지요. 즉 표면 구조와 심층 구조라는 두 개의 구조를 병행해 이야기를 전개했습니다. 하나의 구조를 따라가면서도 또 하나의 구조에 관심을 가지게 하는 것이 저의 소설작법이라고 볼 수 있습니다. 이야기의 전면에 뜨는 표면 구조보다는 그 밑에 없는 듯 있는 이야기에 독자가 빠져들게 하는 것이 중편소설을 쓰는 의도라고 할 수 있습니다. 사실은 두 구조를 병행해나가면서 서로 보완적으로, 사실 유사성이 없지만 있는 듯 보이게 해서 독자들이 연관성을 찾아보려고 노력하게 하는 것이 이중 구조를 선택한 의도라고 보면 됩니다.

예를 들면 제 소설 중에 〈투석〉이라는 중편소설이 있는데, 이 작품은 어떤 고등학교 선생 집에 돌이 날아 들어오는 사건으로 이야기가 전개됩니다. 현관에 돌이 꽝 날아들면 얼마나 놀라겠어요. 그런데 며칠 있다가 돌이 한 번씩 날아들어요. 처음부터 끝까지 돌이 날아드는 이야기입니다. 그러자 왜 돌이 날아들까 할아버지는 할아버지 나름대로, 엄마는 엄마대로, 대학생은 대학생대로 생각합니다. 인물들이 그 이유를 추적하는 새 차츰 할아버지는 한국전쟁 때 기억을 더듬기 시작합니다. 학교 선생도, 화자인 대학생도 자신의 문제로 그 사건을 해석하려 합니다. 하지만 사실 가장 중심이 되는 이야기는 할아버지가 한국전쟁 때 어떤 일을 했는가 하는 것입니다. 그렇다고 '할아버지가 전쟁에서 사람들을 죽였기 때문은 아닐까?'라는 해석을 직접 하지는 않습니다. 다만 전쟁을 직접 겪지 않은 다른 인물들의 생각을 함께 배치함으로써 전쟁의 (가해자) 상처를 자신의 상황에 비추어 이해할 여지를 마련하죠. 이중 구조를 쓰는 게 저에게 편하고 재미있어서 즐겨 사용하고 있습니다.

여전히 분단으로 인해 진행 중인 우리의 상처 때문에, 즉 분단의 상처 때문에 고통을 느끼고 그로 인해 삶이 피폐해지고 있는데 사실 현대인들은, 더욱이 젊은 세대들은 잘 느끼지 못하지 않습니까? 〈남이섬〉의 경우에도 위도에서 자살하는 여인의 고통을 통해서 분단과 전쟁이 낳은 상처의 깊이에 공감하는 힘을 주려고 하신 게 아닌가 하는 생각이 들었습니다.

네, 맞습니다. 그걸 그렇게 읽었다면 제 의도에 맞게 보셨어요. 모티프가 결국 그리움이잖아요? 실체가 분명하고 아련한 그 여자에 대한 그리움, 또 한국전쟁 때 있었던 여자에 대한 그리움. 두 개의 구조를 통해 서로 다른 시간과 공간이지만 정서적인 공감이 가능해지죠. 나의 실존에 비추어 타인의 아품을 이해한다고 해야 할까요. 아픔을 가진 사람들, 아픔이 응축된 모습들이 현대나 과거나 다르지 않다는 사실을 이중구조의 기법을 통해 끌고 나간 것입니다.

상실된 부권의 회복

〈드라마 게임〉이라는 소설에 보면 고모가 양갈보라고 나오잖아요? 동생이 고모에게 그런 별명을 붙였는데, 동생에게는 사실 이유가 있었죠. 부모의 죽음이 고모의 책임이라고 했기 때문입니다. 선생님이 보시기에 그렇게 전치된 책임이나 원한, 증오가 한국인의 삶에 어떻게 녹아 있습니까?

분단으로, 정확히 말하자면 전쟁으로 생긴 상처 또는 원한과 증오의 감정이 한국인의 삶 속에 어떻게 녹아 있느냐······. 제 소설은 바로 그 지점에서 시작합니다. 제 소설 중에 곧장 전쟁과 분단의 이야기로 가는 소설은 없습니다. 전부 현재에서 출발합니다. 예를 들어 이런 식입니다. 지금 도시에 가서 떠돌며 뿌리를 못 내리고 방황하며 상처받고 살고 있는, 다시 말해 무언가 결손이 있는 사람이 등장합니다. 이 결손의 이유를 찾기 위해 그 사람의 고향으로 떠나는 것이지요. 그 사람이 살던 원점, 뿌리가 있는 곳으로요. 그 사람의 고향에 가보니 그 사람이 무언가로 인해 생긴 아픔 때문에, 즉 분

단과 전쟁으로 인해 오늘날 이런 삶을 살게 되었다는 식으로
이야기를 풀어갑니다. 지금 여기에 있는 젊은이들(연구자들)
도 무언가 아픔이 있거나 트라우마가 있어서 삶이 잘 안 풀
릴 때, 그 원인을 추적해보면 저는 분단과 어떤 식으로든 관
련이 있다고 봅니다. 지금 이 시점에서 그러한 전쟁 트라우
마가, 분단에 대한 아픔과 상처가 상존한다고 생각합니다.
우리 모두의 삶에 뿌리내려 있다고 보는 데서 출발합니다.
이것을 치유하지 않으면 안 된다는 생각을 밑에 깔고 있다는
겁니다.

그 치유는 바로 고향에 돌아가는 것이지요, 고향 회귀. 원
점으로 돌아가 보는 것이지요. 제 소설 중에 〈동행〉이라는 작
품이 있습니다. 제 소설은 전부 고향에 돌아감으로써 자기
존재의 이유든가 아픔의 근거라든가를 찾아 회복하는 과정
을 보여줍니다. 〈맥〉이라는 소설에는 어떤 대학생이 등장합
니다. 아버지는 고향을 떠나 서울로 와서 재혼하였고 그 대
학생을 낳은 겁니다. 어머니가 돌아가시자 아버지는 장례를
치르고 어머니 뼛가루를 가지고 아들과 함께 고향으로 돌아
갑니다. 대학생은 부모 생을 통해 알지 못했던 어떤 삶과 마
주하고 불화의 본질을 알게 됩니다. 고향으로 돌아가는 것은
자신도 모르게 자신의 정체성을 이루고 있는 상처의 뿌리를
찾아가는 길과 같아요. 제가 보기에 도시에 사는 사람들은
자신의 뿌리를 모두 잊고 사는 것 같아요. 자신이 누구인지,
어떤 집 자식인지, 자신의 출신을 모르고 사는데 고향에 돌

아가는 순간 아버지의 이야기와 대면하고 그 아버지와 연결된 자신을 발견하지요. 그리고 이를 통해서 자신이 현재 가진 상처의 근원을 알게 되고 회복할 가능성을 찾게 됩니다. 제 소설은 전부 이러한 구조입니다.

분단과 전쟁을 직접 겪은 세대 중에는 사람을 죽인 데 대한 죄의식이 있거나, 주변 사람들이 죽임을 당해 고통의 기억을 지닌 사람들이 있습니다. 그런데 선생님께서는 거기에서 그치지 않고, 가족 구성원으로 성장하는 과정에서 표면화되지는 않았지만 미묘하게 자극과 영향을 받은 우리 마음속에도 전쟁의 상처가 있다고 보시는 것 같아요.

그렇죠. 저는 분단의 문제에 접근할 때 '현실 인식'이 있어야 한다고 생각합니다. 현실이 어떤 것인지 인식하는 구조를 저는 '뿌리 찾기'라고 합니다. 뿌리, 근원! 자신의 근원을 상실한 채, 보지 않은 채, 외면한 채 현실을 볼 순 없다고 생각합니다. 자신의 근원을 찾다 보면 왜 자신이 상처받고 아픈지, 왜 풀리지 않는지, 고통스러운 자신의 삶을 되돌아보게 되지요. 그 이유를 찾아보니까 아버지에게 문제가 있었던 것입니다. 그래서 제 소설은 지금 이 시대를 '부권 상실'의 시대로 그려냅니다. (민족의) 동질성을 이질화한 것은 다름 아닌 이념화된 아버지였다는 말이지요.

부권은 힘을 상징합니다. 결국 잘못 쓰이는 부권들이 민족을 갈라놓고 이질화했습니다. 아버지는 진짜 권위가 있어야 하는데, 아버지들이 이념화되어 자기 잇속만 차리려고 하는 게 문제입니다. 이념은 자신을 강화하는 힘은 되지만 전체를 아우르는 힘은 되지 못합니다. 이념 자체에 빠져 힘을 행사했기 때문에 이질화했지요. 그래서 저는 진정한 아버지의 모습을 찾는 것, 즉 뿌리 찾기를 주장합니다. 즉, 아버지가 이질화·이념화하기 전 어떤 모습인지 찾는 일, 그것이 곧 자신을 찾는 일이지요. 그럴 때 현실을 이야기할 수 있습니다. 진정한 아버지를 이해한다는 것은 과거에 비추어 오늘날의 아버지를 이해하는 것과 같지요.

그래서 제 소설은 부권을 제대로 행사하지 못한 아버지가 등장하고, 그 아버지 때문에 아픈 아들이 등장하고, 그 아버지를 미워하다 고향으로 돌아와 보니 아버지를 이해하게 되는 이야기를 담고 있습니다. 이데올로기로 인해 나쁜 사람이 될 수 있었음을 이해하고 화해하기 때문입니다. 소설에서 중요한 것은 결국 화해입니다. 처음에 미워하고 증오하던 아버지가 있는데 고향으로 돌아가 본질을 이해하고 화해하면서 자신이 놓여 있는 지금의 열악한 삶에 위안과 힘을 받을 수 있습니다. 화해가 이뤄지지 않는다면 통일도 결국 쉽지 않겠지요. 화해라는 것은 지금 우리끼리도 되지 않는데, 가령 전라도와 경상도의 지역 갈등조차 해결하지 못하는데 오랫동안 이어진 분단 상황은 오죽하겠습니까.

너무 멀리 왔지요. 사실 이렇게 멀리 올 문제는 아니었는데 부권이 상실되었기 때문이지요. 아버지들이 권력 구조가 아니라 제대로 된 힘, 가족을 아우르는 부권을 행사했어야 하는데 흔들렸기 때문에 여기까지 왔다고 생각합니다. 그래서 제 소설은 항상 아버지를 찾습니다. 뿌리를 찾는 것. 고향에 돌아가 아버지를 찾는다는 것! 그럴 때 고향 찾기는 공간 개념의 그것이 아니라 인간의 근원, 그 뿌리 찾기이고 더 나아가 올바른 현실 인식이라고 할 수 있습니다.

우리 마음속 지뢰밭

〈지뢰밭〉이라는 작품은 인민군 유해 발굴에 대한 이야기잖아요. 저는 그것을 보면서 좀 놀랐습니다. 지금도 사실 인민군 유해 발굴에 대한 이야기를 잘 못하는데 말입니다. 자기 검열 같은 것 때문에 고민이 많으셨으리라 생각합니다. 그럼에도 불구하고 작품을 쓰신 것은 전하고자 하는 메시지가 있었기 때문이겠지요.

지금도 그런 이야기는 내놓고 잘 못하지요. 그래서 그 이야기를 소설로 쓴 겁니다. 그러나 그런 이야기를 쓸 때 고민을 많이 합니다. 소설에서 인민군이 죽은 장면은 있는 그대로의 사실입니다. 스무 명 정도가 생매장되었습니다. 저는 못 봤지만 당시 그 마을에 살던 사람들의 이야기를 들었습니다. 우리 작은아버지도 그 명단을 가지고 있었어요. 작은아버지께서 돌아가시면서 그 명단은 없어졌지만, 마을에 있었던 사건을 제가 써본 것입니다. 지금 그 아래에 고속도로가 났습니다. 그 고속도로 위 늪지에 다 묻어버렸던 것입니다. 전 그곳에 갈 때마다 섬뜩하면서도 '왜 국군 유해는 발굴하면서 이들의 유해는 못 파느냐?'라는 생각이 들었습니다. 어떻게 보면 한국전쟁 때 죽은 사람들은 희생자잖아요. 그러면 국군 유해 발굴이 아니라 전사자 유해 발굴이라는 이름으로 진행하면 되잖아요. 그런데 그걸 못했습니다. 땅을 파다가 인민군 유해가 나오면 지금 파주에 생긴 적군 묘지에 묻고 그랬는데, 왜 그걸 공개적으로 하지 못하느냔 말입니다.

시골에서 인민군들이 후퇴할 때, 후퇴할 때니까 초라하죠, 그런 사람들을 때려죽여서 묻는 걸 전 봤거든요. 그런데 그 부분에 대해서 이야기를 못하잖아요. 제가 〈지뢰밭〉에서 다룬 것이 바로 이 문제입니다. 지금 분단 현실 속에서 가장 큰 문제는 우리 마음 안에 지뢰밭이 있다는 점이지요. 눈에 보이는 지뢰도 있지만 그보다 더 무서운 것은 우리 스스로 마음속 지뢰를 만들어 가지고 있다는 사실입니다. 무엇을 이야기하면 안 된다는, 분단으로 생긴 마음의 금기를 어떻게 하면 풀어낼 수 있을까 하는 고민을 작의로 깔고 있습니다.

소설을 통해 주장하려던 바는 우리에게 바로 그러한 마음의 금기가 있다는 점을 깨닫고 다르게 생각해보자는 것입니다. 우리 역사가 지닌 비극을 오픈하고, 그로부터 서로의 상처를 공감해보자는 얘기지요. 특히나 지식인들, 알 만한 사람들이 그러한 이야기를 꺼내는 것을 금기시하는데 금기를 깰 필요가 있다고 생각합니다.

전쟁에 참전하였다가 돌아오지 않는 아버지와 아들, 그리고 그들을 기다리는 부모와 배우자 그리고 자식의 심정은 인간이 느끼는 고통이라는 점에서 남과 북이 함께 나눌 수 있는 정서가 아닐까 생각합니다.

아, 그럼요. 여기 춘천에 이승만 대통령 별장 있는 곳에 파라호가 있어요. 예전에 물 빼고 할 때 오정희 선생과 가본 적이 있습니다. 오정희 선생은 파라호 이야기를 썼고, 저는 늦어서 못 썼습니다. 서기가 중공군 일개 사단인가……. 아무튼 엄청난 인원이 폭격당해 그 안에 수장되었습니다. 중공군이 우리나라에서 가장 많이 죽은 데가 파라호입니다. 그건 누구나 다 아는 이야기입니다. 저는 그곳에 표지를 세우고 여기에 중공군 병사 몇 명이 수장되어 있다는 추모 글을 남겨야 한다고 생각합니다. 그들은 적으로 왔지만 어떤 의미에서는 하수인이에요. 이제 그런 사람들을 추모할 수 있는 분위기가 되어야 하는데 그런 이야기를 꺼내지 못합니다. 그걸 추모하자고 하면 말이 안 된다고 하지요. 저는 국군뿐만 아니라 중공군, 인민군 유해도 발굴해야 한다고 생각합니다. 비록 서로 적이었지만 함께 고통을 겪었다는 점에서 공동의 기억을 통해 관계를 회복하자는 그런 뜻입니다.

〈아베의 가족〉을 비롯해서 몇 개의 작품을 모아 중국에서 출판하려고 했는데 출판이 금지됐어요. 이유는 간단해요. 작품 속에 중공군의 이미지가 나쁘게 그려져 있다는 것이지요. 저는 1·4 후퇴 때 피난을 갔었는데, 들어올 때 마을 아이들이 중공군 이야기를 많이 했습니다. 중공군이 (성폭행 같은 것은 안 했어요) 오가면서 먹을 게 없어 배고프니까 부엌에 묻어놨던 것을 파먹었다는 이야기를 썼습니다. 약탈이라는 말도 쓰지 않았는데 중공군이 먹었다고 쓴 부분을 문제 삼아서 중국에서 출판이 안 된다고 했습니다. 제 의도를 이해하지 못하더라고요.

> **선생님의 소설은 전쟁의 참상이나 그 상황에서 왜곡된 인간의 모습을 폭로하고 고발하는 데에 초점이 맞춰져 있다 보니, 흔히 반공 소설에서 보여주는 '적 vs 아'라는 구도를 벗어나 있습니다. 선생님의 의도를 곡해하거나 이념적으로 사상적으로 문제를 제기하는 사람들이 있었을 것 같은데요.**

제 소설 중에 〈침묵의 눈〉이라는 작품이 있습니다. 70년대 『한국문학』에 발표되었죠. 〈침묵의 눈〉은 '진실이 은폐될 때 그것이 얼마나 큰 폭력으로 행사될 수 있는가'라는 문제의식을 담고 있어요. 진실을 은폐하지 말고 있는 그대로 밝혀야 한다는 내용이죠. 그 당시 유신시대라 진실을 감출 때니까 신문조차도 사실을 은폐하고 조작하곤 했어요. 그래서 진실 은폐의 문제에 대해 썼는데, 그 주인공이 '민중'이었어요.

아이가 가족들이랑 물가에 놀러 갔는데 엄마가 텐트 속에서 누군가에게 성폭행당하는 장면을 아이가 본 거예요. 그래서 굉장히 큰 충격을 받습니다. 그런데 아빠가 와서는 아이에게 "너는 아무것도 못 봤다, 네가 보았다고 하는 것은 거짓말이다" 이렇게 강요합니다. 하지만 엄마가 성폭행당하는 모습을 봤고 누가 그랬는지 안다고 하니까 아이를 물속에 집어넣으면서 입을 다물게 하죠. 진실이 은폐되는 순간입니다. 그 아이가 나중에 끔찍한 폭력을 행사하는 인물로 바뀝니다. 그게 민중입니다.

이 소설을 북한의 한 매체가 옮기면서 문제가 됩니다. 이 작품이 일본어로 번역되었는데 책이 부산 세관에서 모두 압수돼 불태워졌다는 이야기를 전해 들었습니다. 곧바로 민음사에서 나온 《우상의 눈물》 단행본 속에 실린 〈침묵의 눈〉을 〈뾰족한 턱〉으로 제목을 바꿨고 민중이란 이름도 바꿀 수밖에 없었지요.

외부 검열이 없어진다고 하더라도 이런 분단 상황에선 작가들이 스스로 조심하는 '자기 검열'이 생겨요. 이게 사실 더 무서워요. 〈아베의 가족〉 역시 그것을 쓸 때 자기 검열이 없을 수 없었지요. 사실 그때도 문제 삼으려고 한다면 할 수 있었어요. 그런데 다행히 그런 걸 문제 삼지 않더라고요. 그런데 소설을 낼 때마다 겁이 나서 분단과 같은 문제를 다룰 때면 늘 스스로 검열하게 됩니다.

다른 건 크게 제약을 받진 않았던 것 같아요. 다만 외국에 가니까 '검둥이'라는 표현은 흑인을 비하하는 말이기 때문에 좋지 않다고 하더라고요. 특히 독일 사람들이 얼마나 민감하게 굴던지, 오히려 그러한 반응이 인종차별이라고 느껴질 정도였습니다. 하하. 우리 식의 문화에서 외국인의 상징으로 검둥이라는 표현을 썼을 뿐인데, 그 말 하나에도 예민하게 반응하더라고요.

통일에 대한 상상은
독자의 몫

앞서 잠시 나온 이야기인데 선생님의 작품은 결말이 명확하지 않습니다. 즉, 작가가 작품을 통해 전달하고자 하는 메시지가 분명하지 않다고 해야 할까요. 그렇게 하시는 것이 분단이라는 민감한 문제를 다루기 때문인지, 아니면 어떤 다른 의도가 있기 때문인지 궁금합니다.

사실 우리가 분단 이후에 하고 싶은 이야기를 마음대로 못하고 살잖아요. 창작 역시 제약이 참 많습니다. 예를 들어, 이어령 선생이 쓴 소설이 문제가 된 적이 있었다고 들었어요. 그분의 소설 속에, 죽은 여자가 국방군 단추를 쥐고 있었다는 표현이 나와요. 전쟁 중에 누가 죽였는지 명확하게 드러나지도 않는데 그 표현을 아군, 그러니까 국군이 그랬다는 식으로 해석하여 문제 삼기도 했습니다. 그런 일이 참 많았지요.

그렇다고 반공 소설을 쓸 수는 없잖아요. 제가 소설을 쓰기 시작하면서 반공 이데올로기가 깃든 소설을 써서는 안 된다고 생각했습니다. 그건 내내 확고했습니다. 되도록 객관적으로 쓰려고 노력했다는 말입니다.

이게 오히려 어떤 사람들에게는 불만이었어요. 〈아베의 가족〉을 발표하고 한창 읽힐 때, 대학에 가면 학생들이 불만을 표출했습니다. 깨어 있는 작가로서 분단 문제를 다루는 건 좋은데, 그 소설이야말로 반미를 이야기하는 데 가장 적절한 소재이지 않으냐, 그런데 그걸 얼버무렸다고 했죠. 학생들은 반미를 좀 더 적극적으로 이야기하라고 요구했습니다. 또 분단 문제를 회색분자처럼 얼버무리지 말고 좀 더 적극적으로 이야기하고 분명한 함의를 주어야 한다며 따지고 들었습니다.

그때 제 답변은 다음과 같았습니다. 최인훈의 〈광장〉에 나오는 주인공 이명준도 북쪽에 갔다가 남쪽에 갔다가 결국 제3국을 선택하잖아요. 사실 그 소설은 굉장한 의미가 있어요. 자신이 보기에 남쪽에는 자유가 있지만 이게 밀실 속의 자유입니다. 또 북쪽을 봤더니 광장은 있지만 개인의 자유는 없어요. 그래서 결국 제3국을 가다가 자살하지 않습니까? 그 소설을 예로 들면서, 이명준같이 제3국으로 도피하는 인물을 소설의 캐릭터로 형상화한 것만 해도 대단하다고 말했습니다. 그랬더니 지식인들이 분명한 의식을 가지고 분단의 문제와 분단 극복을 위한 방향을 보여줘야 하는데 그 대답은 비겁하다는 것입니다. 그래서 제가 그랬습니다. 우리나라는 그 당시(80년대 초)만 하더라도 순간의 선택이 생명을 좌지우 지한다, 많은 사람들이 줄을 잘못 섰다가 그리고 도장 하나 잘못 찍었다가 죽는 세상이었다, 자유의지로 무엇인가를 선 택할 때는 엄청난 희생을 감수해야 하는 그런 시대를 살았다 는 이야기를 했습니다.

예를 들어서 이청준의 소설 중에 이런 장면이 나옵니다. 밤에는 공비들이 내려오고 낮에는 경찰들이 내려와요. 또 바 뀌기도 합니다. 낮에는 공비들이 오고 밤에는 경찰들이 오기 도 합니다. 사람들은 누가 오는지 몰라요. 그런데 올 때는 반 드시 위장하고 옵니다. 인민군 복장을 하거나 경찰복을 입 고 오지요. 그렇게 민간인들에게 와서 눈에 손전등을 비춥니 다. 가장 무섭고 비겁한 폭력이 그 정체를 드러내지 않는 폭 력이지요. 불을 비추는 쪽은 안 보이면서 비친 사람만 노출 되니까요. 그리고 어느 쪽 편인지 물어봅니다. 하나를 선택 해야 하죠. 그러니까 순간의 선택이 10년을 좌우하는 게 아 니라 목숨을 좌우하는 것입니다. 그런 시대를 우리가 살았어 요. 소설을 쓴다는 것 역시 선택이었습니다. '어떤 이야기를 어떤 의견을 가지고 말할 것인가?'라는 문제는 쉽지 않아요. 예를 들어 미군이 겁탈했다, 깜둥이가 겁탈했다는 표현 역시 목숨을 걸고 썼다는 것입니다. 그런 식으로 답변해주었는데 이를 들은 사람들은 여전히 불만을 드러냈습니다. 그래도 작 가는 적극적으로 발언해야 한다고요.

　그런데 저는 어떤 주제를 적극적으로 다루지 않았다고 해서 문제가 되고, 그 주제에 대해 확실한 답변을 했다고 해서 문제가 안 된다고 생각하지는 않습니다. 오히려 지식인이 확실한 답변을 내놓음으로써 독자들이 나름대로 생각하고 고민할 몫을 남겨두지 않는다면 그것이 더 문제가 될 수 있다는 생각 때문입니다.

이태의 〈남부군〉, 이병주의 〈지리산〉 등 많은 분단 소설이 있지만 선생님의 작품과는 차이가 있다고 생각합니다. 소설을 읽다 보면 작품을 통해 무엇을 전달하려고 하는지 어렴풋이 알겠는데 명확하게 메시지가 들어오지는 않습니다.

작품에서 어떠한 문제를 다루든지 간에 저는 항상 유보하는 입장을 취합니다. 그러니까 작가로서 어떤 문제를 판단할 때는 모든 생각을 유보해야 한다고 봅니다. 확신이 서지 않아요. 많은 사람들이 옳다고 하는 것도 확신하지 않고 부정적으로 보게 돼요. 그러다 보니 분단 소설을 쓸 때도 분단에 관해 분명하고 가시적인 메시지를 유보하지요. 좋게 말하면, 되도록 독자가 나머지를 채우게 합니다. 어떤 작가는 기승전결을 거쳐 천천히 이야기를 풀어가지만, 제 소설은 정점에서 모든 것이 끝납니다. 그 뒤는 이야기하지 않지요. 나머지는 독자가 유추해서 채우도록 온전히 독자의 몫으로 남겨둡니다. 독자가 마음대로 채우라는 식이지요. 작가가 말할 부분을 감춘 뒤, 그것을 독자의 몫으로 남기기, 그게 제 소설 쓰기의 즐거움이기도 합니다.

아까 오전에 한 학생이 교실에서 "작가님, 〈우상의 눈물〉에서 기표라는 학생이 왜 우상이지요?"라고 물어봤어요. 그 학생한테 "작가가 상상으로 만드는 것이 소설인데, 독자는 작가보다 더 좋은 상상력으로 그 문제를 해결해나가는 것이다"라고 답변했습니다. 또 그 소설이 "무섭다. 무서워 살 수가 없다"라고 끝나는데 학생들은 "무엇이 무서워요?"라고 물어봐요. 사실은 무엇이 무서운지는 소설 앞부분에 찾으면 다 나와요. 그런데 무엇이 무서운지 친절하게 말해주지는 않아요. 작가로서 저는 이렇게 소설을 쓰는 게 재미있고, 또 독자들의 입장에서도 그 답을 스스로 찾아야 재미있을 거라고 생각해요. 그걸 풀어놓으면 재미가 없더라고요. 그러니까 분단 문제를 다루더라도 제 목소리를 내기 어렵죠. 김유정 역시 소설을 중간에서 끊는 이중 구조를 보였지요. 반면에 이광수는 퇴행 구조이지요. '난 지식인이다. 백성들은 몽매하다'라고 생각하면서 지식인의 당대 상황과 문제성을 지식인의 언어로 풀어내지요. '배워야 산다, 자유연애를 해야 한다'는 식으로 말이에요. 그러면 다 해결되죠. 소설 안에 자기 생각을 집어넣는 거예요. 저는 그런 소설 구조가 싫어요.

그러니까 통일을 이야기할 때도 분단 문제를 적극적으로 이야기해야 한다는 관점에서 본다면 제 소설은 함량 미달이 될 수밖에 없지요. 작가가 분명한 의미를 주지 않았기 때문입니다. 저는 그렇게 소설을 씁니다. 때로는 드러내주고 싶은 이야기가 있지만 오히려 주지 않아야 독자들이 많은 것을 생각할 수 있다고 믿습니다. 제가 주는 건 하나지만 독자들은 그 문제에 대해 여러 가지의 의미를 발견할 수 있다고 믿기 때문입니다.

공통의 문화를 만들어가길

선생님 소설을 보면서, 항상 이야기가 끝맺음이 없고 남아 있다는 점이 특이하게 느껴졌는데, 그런 의도가 있었군요. 그래도 오늘날 분단과 통일 문제에 대해 선생님께서 하고 싶은 말씀이 있을 것 같은데 끝으로 한 말씀 해주시죠.

제가 이번에 쓰려는 소설의 화두가 무엇이냐 하면 "정말 통일을 원하는가?"입니다. 저는 모두가 통일을 원하면 안 될 수가 없다고 생각해요. 원하면 됩니다. 그래서 모든 사람이 통일을 원하게 만들어야 합니다. 위에서 누군가 통일을 하자고 하는 게 아니라 밑에서부터 통일을 하자고 원하는 분위기를 만들어야 합니다. 그리고 '통일을 왜 해야 하는가?'에 대한 답을 우리가 찾아야 합니다. 저는 여기서 시작해야 한다고 생각합니다. 통일을 해야 하는 이유를 찾고, 그 이유를 근거로 통일을 원하게 해야 합니다.

그런데 그러한 물음에 대해 고심하기보다는 단지 통일은 대박이라고만 했습니다. 아시다시피 통일대박론은 경제론적 시각입니다. 아직도 많은 사람이 그 논리에 빠져 있는 것 같아요. 저는 그게 전부라고 생각하지 않습니다. 서로의 가치를 인정하는 것이 가장 중요하죠. 그렇지 않다면 통일을 해봐야 서로의 가치가 더 우선한다고 우기면서 더 치열하게 싸울 수밖에 없어요.

독일 통일은 우리가 참조해야 할 소중한 사례입니다. 그들은 불신, 증오하지 않았습니다. 체제가 달라서 그것에 순응하여 살았을 뿐이지, 상대에 대한 불편한 감정은 우리처럼 심하지 않았어요. 서로의 가치 그대로를 인정해주었습니다. 그 전에 자신의 문화를 해체하지 않고 지키고 있었기 때문입니다. 이데올로기로 문화가 해체되지 않았잖아요. 문화 자체, 삶의 질이 해체된 부분이 별로 없습니다. 서방하고 묶여 있으면서도 자신의 문화를 지켜왔다는 것이 쉽게 통일을 할 수 있었던 이유이지 않을까 생각합니다.

아쉽게도 우리는 그렇지 못해요. 제가 너무 멀리 왔다고 한 이유가 바로 이것입니다. 남북은 민족이 공유해온 문화가 너무 많이 해체되어 복구할 수 없는 지경에 이르고 있어요. 그러면 내가 가진 것이 더 낫다는 논리로 갈 수밖에 없지요. 통일을 해나가면서 우리가 우선적으로 생각해야 할 점은 바로 공통의 문화를 만들어가는 것이라고 생각합니다.

모두가 비극적인 역사의 피해자

전상국 작가는 열 살 남짓한 어린 시절 전쟁을 경험하였다. 그런데 그의 기억 속 소위 '빨갱이'는 남다르다. 하루는 경찰서에 빨갱이가 잡혀 있다는 소식을 듣고 친구들과 함께 구경을 갔더란다. 하지만 그가 본 그 빨갱이는 자신이 상상했던 모습과는 너무나 달랐다. 전쟁이 발발하면서 빨갱이는 얼굴이 빨갛다고 교육받았는데, 실제로 보니 그렇지 않았을 뿐만 아니라 충격적이게도 평소 자신을 예뻐하던 이웃집 아저씨였다. 그때 그는 빨갱이는 다름 아닌 생각이 다른 사람, 이념이 다른 사람이라는 생각이 들었다고 한다.

작가가 이 지점에서 주요하게 생각하는 바이면서 그의 소설에서 핵심적인 모티브는 바로 피해자와 가해자를 구분 짓는 이분법의 논리다. 빨갱이로 잡혀 와 고초를 겪은 그 아저씨가 처음에는 피해자였지만, 인민군이 내려오면서 처지가 바뀌어 완장을 차고 마을 사람들에게 폭력을 행사하는 가해자가 되었다. 이처럼 난리통에는 피해자였던 사람이 어느새 가해자가 되기도 하고, 또 반대로 가해자였던 사람이 피해자가 되기도 하였다. 그렇기에 작가의 기억 속에서는 어느 한쪽이 전적으로 피해자이거나 혹은 가해자일 수 없다. 결국 그 시절을 겪어야 했던 '모두'가 비극적인 역사의 피해자였다.

　그가 보기에 오늘날 남과 북이 여전히 갈등하는 것은 우리의 역사를 이러한 관점에서 보지 못하고 여전히 자신만이 피해자라고 주장하는 데서 출발한다. 남과 북의 만남은 서로의 차이를 차이로 받아들이지 못하고 상대에 대한 불신만을 키우면서 곧잘 갈등으로 전환되어버린다. 만남이 화해를 향한 계기가 되기는커녕 오히려 장애가 되고 있다. 그래서 작가는 전쟁은 진행 중이며, 우리 사회는 상대에 대한 원한과 증오의 마음, 즉 마음속 지뢰밭을 지닌 전쟁 사회라고까지 말한다.

　작가의 작품 활동은 바로 그러한 마음을 풀어가는 '치유'다. 자신의 글쓰기가 곧 무당의 역할과 같다고 말하는 작가는 소설을 통해, 나만의 상처가 아니라 우리 모두의 상처를 기억하고 공감함으로써 마음속 지뢰밭을 조금씩 서로에 대한 관심으로 바꾸어가고자 하는 것이다.

작가는 1939년 10월 2일 (호적은 1941년 3월 15일) 전남 담양에서 출생하였으며 1965년 『현대문학』에 〈천재들〉로 추천받아 시인으로 문단에 등단하였다. 처음에 시를 썼던 그는 1974년 『한국문학』에 백제 유민의 한을 그린 단편 〈백제의 미소〉가 당선되면서 소설가로 등단한다. 시인에서 소설가로 변모한 그는 1978년 '징소리' 연작을 시작으로 〈타오르는 강〉〈철쭉제〉〈피아골〉〈문신의 땅〉〈그들의 새벽〉〈녹슨 철길〉〈소쇄원에서 꿈을 꾸다〉〈생오지 뜸부기〉 등에 이르기까지 주로 전남 지역을 배경으로 벌어진 우리 역사의 고통과 상처를 작품으로 다루어왔다.

그의 작품 대부분은 한국전쟁과 광주 5·18을 소재로 한다. 이토록 유독 한국전쟁과 광주 5·18에 집중하는 이유는 그의 삶과 무관하지 않다. 그는 한국전쟁 당시 부모님을 따라 빨치산과 같이 생활을 하였고, 1980년에는 광주 5·18의 현장에 있었다. 역사의 소용돌이 속에서 가장 중심에 서 있었던 것이다. 그리고 그 중심에서 수많은 사람들이 죽어가는 것을 지켜보았다.

그의 소설이 지닌 가장 핵심적인 모티브는 가슴속에 응어리져 있는 한(恨)이다. 하지만 그가 말하는 한은 누군가에게 복수의 칼날을 끊임없이 드리우면서 자신을 갉아먹는 원한과 증오의 감정만을 의미하진 않는다. 분명 복수적 감정이긴 하나 그 복수를 위해 자신을 성장시키고 살아가게 하는 생명력이다. 작가는 이것이 상처에 대한 치유라고 말한다.

그래서 그에게 한을 푸는 것은 상처의 기억을 망각하고 버리는 것이 아니다. 비극의 역사를 기억하면서 역사적 정의를 다시 세워내는 것이다. 작가는 그 작업을 자신의 고향에서 작품 활동을 통해 하고 있다. 현재 작가는 고향인 전남 담양 생오지 마을에서 작은 찻집을 인수해 문예창작대학을 운영하는 등 후학 양성과 작품 활동에 매진하고 있다.

상처의 기억과 공동체적 삶

문순태

빨치산이 된
농사꾼

**선생님께서는 1974년 〈백제의 미소〉로 데뷔하신 이래
여러 소설을 통해 빨치산의 활동과 전란이 할퀴고 간
호남 지역의 실상을 고민해오셨는데요. 이런 작품 속의
내용은 선생님의 실제 체험과 무관하지 않을 겁니다.**

5학년 때 내가 6·25를 만났으니까. 그때가 열두 살 때예요. 그랬어요. 활동은 못 하고 봉홧불 피우러 마을 뒷산으로 다니고, 그때 '아침은 빛나라 이 강산' 이런 노래 배우고 했지요. 직접 가담은 안 하고 그냥 같이 휩쓸려 다녔지요, 민간인들이. 애들도 부모님들이랑 같이 따라다니면서.

우리 고향에는 큰 마을과 작은 마을이 있었습니다. 큰 마을이 한 70호 되고, 작은 마을이 30호 되는데 마주 보고 있었습니다. 바로 이 산모퉁이 돌아가면 있는데, 70호 되는 마을에는 우리 문씨들이 주로 살았습니다. 시골 마을이어도 농사를 많이 지으니까 대학교도 많이 다니고 그랬지요. 그리고 이 사람들이 입산을 많이 했어요, 우리 집안에서. 무등산에서부터 10여 킬로 떨어진 여기 백아산이라고 있어요. 전남인민군 총사령부가 백아산에 있었어요. 이 산골은 공비, 빨치산 토벌작전 지역이었어요. 그래서 마을은 깡그리 불태워졌고 여기 주민들은 소개를 당했습니다. 민간인이 이 지역에 살지 못하게 광주나 인근 화순, 담양 이런 곳으로 전부 소개

시켰습니다. 그래서 여기는 빈 공간이었지요. 매일 토벌작전을 하니까요.

그때 우리 가족은 소개당하지 않았지요. 아버지가 마을 인민위원장인가 했어요. 우리 집안에서 입산도 많이 하고 그래서 고향을 떠나기가 싫어 백아산으로 들어갔습니다. 빨치산들하고 꽤 오래 같이 생활하다가 나중에 나왔지요. 그때가 열두 살. 당시 열두 살이면 굉장히 성숙했어요. 열두 살짜리 소년 빨치산도 총 들고 그랬으니까. 동복 출신으로 빨치산 소년 돌격부대 문화부 중대장을 했던 박현채 선생님도 거기 계셨어요. 우리나라 대표적인 민중경제학자였지요. 백아산에서는 만나지 못했지만 나중에 조선대 교수로 계셨을 때 이야기를 들어보니까 그렇더라고요. 토벌하기 위해서 비행기도 오고 그랬는데, 총으로 비행기를 쏴서 떨어뜨리기도 했답니다.

어린 시절의 그러한 체험이 제가 작품 활동을 하는 데에 당연히 많은 영향을 미쳤습니다. 제가 소년 시절 6·25 체험을 소재로 쓴 작품이 장편 〈41년생 소년〉이나 〈피아골〉입니다. 비단 6·25 전쟁이나 빨치산의 경험만은 아닙니다. 저는 5·18을 경험하기도 하였습니다. 이 또한 저에게 많은 영향을 주었지요. 하지만 저는 5·18도 6·25의 연장선상에서 봅니다. 6·25가 없었다면 5·18이 없었을 것이라는 말이죠. 그런 의미로 5·18이 아직 끝나지 않았기에 6·25도 아직 끝나지 않은 것입니다.

　제가 소설가가 된 이유는 여러 가지가 있겠지만 그중에서 6·25가 가장 크지요. 6·25가 없었다면 소설가가 되지 않았을 겁니다. 왜냐하면 우리 집안이 농사를 짓고 살았는데 식량이 부족하거나 그러지는 않았습니다. 머슴도 두었을 정도였으니까요. 전쟁이 없었다면 평탄하게 학교 졸업하고 평범한 일반 시민으로 살다가 죽었겠지요. 그러나 6·25 때 사람이 죽는 것을 너무나 많이 보았어요. 우리 마을에서도 여러 사람 죽었고, 특히 백아산 토벌작전에서도 많은 사람이 죽었습니다. 토벌작전을 한 번씩 하면 토벌군들이 포위해서 들어옵니다. 한 군데에서만 들어오지 않아요. 담양, 곡성, 화순에서 마치 토끼몰이하듯이 들어옵니다. 그러면 이렇게 몰리다가 백아산 꼭대기까지 도망치기도 하고 어떨 때는 골짜기에 숨기도 합니다. 그 과정에서 엄청나게 많은 사람들의 죽음을 보았거든요. 마을에서도 그렇고. 전쟁의 비극적 상황을 너무나 가깝게 체험했지요.

　그때는 시체가 하나도 무섭지 않았어요. 처참한 주검들. 이념을 가지고 자신의 신념을 위해 싸우다 죽은 사람들은 괜찮습니다. 그건 어쩌면 아름다운 일일 수도 있지요. 그 삶은 떳떳하고요. 그런데 무이념적 인간들, 이념이 무엇인지, 좌익·우익이 무엇인지 모르는 사람들이 숱하게 죽었습니다. 우리 마을에서도 그런 사람 수십 명이 죽었는데, 그것을 보고 엄청난 충격을 받았습니다.

　그리고 우리 마을이 소개당할 때, 같은 날, 같은 시간에 큰 마을 작은 마을이 불탔어요. 토벌대들이 그렇게 했지요. 집 한 채만 불에 타도 놀라잖아요? 골짜기 안에 있는 여러 마을 이 한 번에 불에 타버리니까, 저는 온 세상이 불에 타는 줄 알 았어요. 불타버린 고향을 떠난 우리는 백아산에 빨치산들과 같이 있다가, 토벌이 거의 끝나갈 무렵 백아산 빨치산들이 지리산으로 옮겨 갈 때 안 따라가고 화순으로 나왔습니다. 화순군 이서면 월산부락 논바닥에 토굴을 파고 거기서 살았 어요. 뱀이 막 기어 다녔고, 그때 사람들이 이질에 걸려서 많 이 죽었지요. 또 여기는 3년 동안 농사를 못 지었으니까 농토 는 버려져 있어요. 화순으로 광주로 담양과 신안으로 떠돌아 다니면서 거렁뱅이처럼 몇 년 동안 살았지요. 제가 초등학교 를 네 군데 다녔더라고요, 6·25를 만나서. 떠돌며 살다 보니, 해방되던 해에 담양 남면남초에 입학해서 신안군 비금면 중 앙초, 화순군 북면서초를 전전하다가 광주 학강초를 졸업했 어요.

　그 유년 시절에, 감수성이 예민하고 점점 인격 형성이 되 어갈 무렵에 이념적 싸움으로 이념이 무언지도 모르는 사람 들이 죽어가는 현장들, 그리고 나 자신이 겪은 고통과 슬픔 때문에 가슴에 콱 맺혀 있는 것들이 있었어요. 남자가 박수 무당이 되는 것도 맺힌 것이 많기 때문이잖아요. 그래서 결 국은 박수무당이 되지 않고 내 이야기를 풀어나가기 위해 소 설이라는 형식을 빌렸지요. 처음에는 시를 썼어요. 광주고등 학교 시절 김현승 선생님 영향을 받아 댁에 다니면서 시를 공부했는데, 시를 가지고서는 내 이야기가 다 풀어지지 않더라고요. 그래서 소설로 바꾸었지요. 내 이야기에는, 역사소설을 제외하고는 모든 소설에 6·25와 5·18이 어김없이 나옵니다. 아마 6·25가 없었더라면 저는 평범한 농사꾼이나 평범한 사람이 되었을 겁니다.

진정한 치유는 복수가 아닌
해한(解恨)

**선생님께서 말씀하시는, 가슴을 누르는 그것. 단순히
말하면 상처고, 작품에서는 한으로도 많이 표현되는데요.
작품을 쓰시면서 그런 것들이 어느 정도 치유된다는
느낌을 받으셨습니까?**

그렇지요. 결한(結恨)과 해한(解恨)이 있는데, 맺히는 게 결한이고 그것을 푸는 것이 해한이에요. 한이라는 것도 정한 감정(情恨感情)과 원한 감정(怨恨感情)이 있거든요. 정한 감정은 자학적(自虐的) 한이에요. 자기 스스로 만들어진 한이 정한 감정이에요. 혼자 누구를 짝사랑한다든가, 누가 기다리라고 하지 않았는데 스스로 기다리면서 생겨난 원망이나 한숨, 안타까움 같은 것들. 정한 감정은 시에서 많이 나타나요.

정한 감정과 대립된 개념이 원한 감정인데, 원한 감정은 타학적 한(他虐的 恨), 또는 가학적 한(加虐的 恨)이라고 합니

다. 다른 사람으로 인해서 만들어진 한. 빼앗겼다든가, 짓밟혔다든가, 억눌렸다든가, 소외당함으로써 만들어진 감정. 원한 감정은 반드시 복수 의지로 발전합니다. 제가「한국 문학에 나타난 한의 개념」으로 석사 논문을 쓴 적이 있습니다. 그때 쭉 보니까 옛날 조선시대 소설은 원한이 전부 복수로 갑니다. 중국이나 일본도 원한 감정은 복수로 가더라고요.

그런데 현대 문학에서는 한이 복수로 가지 않고 생명력, 의지력으로 갑니다. 예를 들어 5·18 후로 서울에 가면 아는 사람들이 "광주 사람들, 이제 한풀이 좀 그만해"라는 말을 많이 해요. 전 그게 너무나 거슬렸어요. 한을 버리라는 말이거든요. 저는 그렇게 생각하지 않습니다. 한을 품는다는 것은 한의 칼끝이 상대가 아니라 자신을 겨눈 것이거든요. 두고 보자는 뜻. 전라도 말로 '몽그린다'고 하는데, 두고 보려면 나를 성장시키고 키워야 합니다. 나를 키우려면 한을 버리면 안 되지요. 내가 더 성장하는 것이니까, 어찌 보면 한은 희망이거든요. 한은 체념의 넋두리가 아닙니다. 자기를 키우는 어떤 의지이고 어떤 생명력입니다. 그래서 우리 또래 작가들 이청준·송기숙·한승원·조정래 같은 전라도 출신 작가들 소설에 나타나는 미학의 하나로서의 한이 현대 소설에서는 생명력과 의지력으로 나타납니다. 절대 복수는 하지 않아요. 스스로의 치유, 해한 작업이니까요.

동학농민혁명 같은 것도 전부 해한 작업으로서 운동이거든요. 한을 풀지 않으면 병이 생깁니다. 우리 같은 경우는 병이 생겨서 무당 됩니다. 무당병이 걸린다고요. 무병을 자꾸 풀어내니까 해한 작업이 되는 겁니다. 동시에 의지력이 되고 생명력으로 성장하는 것이지요. 그래서 나는 광주 사람이 절대로 한을 버리면 안 된다고 말합니다. 한은 희망이고 의지력이며, 다른 사람에게 복수하는 게 아니라 나를 성장시키는 힘의 원천이 되니까요. 그래서 저는 한을 나쁘게 생각하는 사람들이 이해되지 않습니다. 예술창작이나 운동 등 해한 작업으로써 치유가 되는 것입니다.

생명으로 나아가는 방법이기도 하지만 아프긴 하지 않습니까? 의문사 희생자 부모님들이 20~30년이 지났음에도 자식의 죽음을 밝히고자 싸우는 것, 병적 우울증이라기보다는 선생님이 말씀하신 개념처럼 우울한 감정을 안고 살아가는 것이지요. 그렇기 때문에 싸울 힘과 의지가 생기고. 해한을 사회 전체적으로 진보나 민주로 나아갈 힘의 측면에서 말씀하신 듯합니다.

그렇지요. 해한의 과정은 참으로 고통스럽죠. 오랜 인내와 피나는 성장의 과정 자체가 고통이죠. 인내와 고통을 포기하면 희망이 될 수 없지요. 결국 회복이 불가능한 영원한 패자가 됩니다. 그리고 해한 작업은 혼자만의 것이 아니에요. 소설을 읽은 독자들에게도 전이됩니다. 동시에 같이 해한이 되는 것이고. 한이라는 것에도 개인의 한이 있고 민중의 한이 있거든요. 집단이 그런 한을 품을 때는, 한이 하나의 집단을 이룰 때는 민중의 한이 됩니다. 커다란 물결이 되지요. 그 물결이 역사의 방향을 틀기도 하고 그렇습니다. 저는 동학도 마찬가지로 생각합니다.

〈타오르는 강〉에 노비들 이야기를 썼습니다. 노비는 자유로운 삶을 사는 사람들이 아니잖아요. 시키는 대로 일하고 주는 대로 먹고 사는 사람들이기 때문에 자의적 삶을 살지 못해요. 1886년에 노비세습제가 없어지지 않습니까. 노비문서를 다 나눠주니까, 노비문서 필요 없다고, 내쫓지 말라고, 울고 난리가 났거든요. 노비들이 안 나가려고요. 지금 생각하면 이해가 안 되잖아요. 그런데 그 사람들은 어디 가서 자의적으로 살아갈 힘이 없는 거예요. 세상을 전혀 모르던 무지렁이들이 자유가 되어서 풀려났으니까요.

이 사람들이 첨에는 세상이 뭔지, 어떤 것이 옳고 그른 것인지 몰랐는데 자꾸 세상과 부딪히며 살다 보니까 삶의 저해 요인들이 그들 앞을 가로막는 거예요. 버려진 땅이 있어도 땅을 일구어서 먹고살게 놔두지 않아요. 산에 화전을 일구려고 하면 산 임자나 나라에서 난리를 치지요. 그러니까 그 고통 속에서 점점 잘못된 세상을 깨닫게 됩니다. 그러다 보니 '아, 우리가 이렇게 있으면 안 되겠구나. 우리가 힘을 모아야겠구나'라고 생각하지요. 그래서 사람답게 살기 위해 저항을 하고 투쟁도 합니다. 그러면서 세상을 알게 될수록 그 힘이 더 커집니다. 농민운동은 그렇게 만들어지는 게 대부분이거든요. 이 사람들이 처음부터 의식이 있어서 시작한 건 아니에요. 부지런히 열심히 살아보는데 자기 의지대로 살아갈 수 없거든요. 자꾸 저해 요인들이 생기니까, 당하다가 결국은 두 사람, 세 사람 모이고 그것이 민중의 한이 되면 큰 역사적인 힘을 발휘하게 되지요. 그것도 하나의 상처 치유라고 봅니다. 그러한 표출이 집단적인 상처의 치유이지요.

화해를 위한 귀향

선생님 작품에서는 고향에 대한 강조가 나타납니다. 선생님께서 보시기에는 여기가 고향이기도 하지만 상처의 땅이 않습니까? 그런 비극, 상처, 아픔을 겪은 곳인데도 작품 속에서 고향으로 다시 돌아가자는 메시지가 보입니다. 그것도 해한의 의미로 볼 수 있을까요?

그렇습니다. 작가들이 좀 유명하게 되면 중앙문단에서 활동하기 위해 대부분 서울로 올라가지 않습니까? 서울에 올라가서 어느 정도 문학적 힘을 형성한 다음, 나이가 들면 낙향하고 그러는데, 저는 그냥 여기가 무조건 좋아서 한 번도 이곳을 떠나보지 않고 지금까지 살고 있습니다. 저에게 고향은 태어나고 자란 공간적 의미만의 여기가 아닙니다. 하이데거가 존재의 양식으로 접근해야 한다고 하지 않습니까. 고향은 곧 존재의 뿌리이며 인간성 그 자체입니다. 현대에 와서 고향을 잃었다고 하는 말을 저는 인간성을 잃었다는 의미로 받아들입니다. 고향 회복이야말로 인간성 회복인 셈이죠.

전라도 지역은 역사적 아픔이 많습니다. 어느 골을 가도 역사적 아픔이 켜켜이 쌓여 있고, 아픔의 스토리들이 중첩되어 있습니다. 산이나 강, 골짜기도 그렇고 사람 사는 마을도 그렇지요. 이런 것이 작가에게는 어떤 의미로 소설의 보고(寶庫)입니다. 역사적 상처는 엄청난 소재의 보고이지요. 이런 것을 외면하고 소설의 무대를 반드시 서울이나 뉴욕, 파리로 확장할 필요가 없어요. 작가가 잘 아는 공간이 소설의 무대가 되면 가장 좋지요. 제가 가장 잘 아는 공간은 바로 전라도라는 공간이거든요.

제가 기자 생활을 할 때 자랑거리가 무엇이었냐면, 군이나 읍에 가면 군지, 읍지, 마을 유래집 같은 책이 다 나와 있는데 그 책들을 모두 모은 것입니다. 그렇기 때문에 우리 지역의 역사를 나름대로는 꼼꼼하게 파악하고 있었지요. 어느 골짜기에, 어느 마을에 무슨 사건이 있었다 하는 것들이 기자 생활 하면서 큰 자산이 되었습니다. 그 때문에 우리 지역, 우리 고향이 지닌 아픔을 깊숙이 들여다볼 기회가 많았습니다.

다른 지역도 마찬가지입니다만, 전라도는 옛날부터 핍박을 많이 받은 지역이지요. 가령 마한의 멸망이라든가 백제의 멸망이라든가, 이 때문에 망국의 한이 깃든 곳이고, 조선 시대에는 중앙과 거리가 멀기 때문에 토호들이나 지방 관리들에게 많은 핍박을 받았지요. 그래서 농민운동이 가장 많이 일어난 곳입니다. 그리고 유배 지역이기도 합니다. 그렇게 전라도 곳곳에 쌓여 있는 역사적 아픔을 더 깊숙이 들여다보고 많은 사람들과 공유하기 위해 소설로 형상화한 것이지요.

그리고 제가 55년 만에 고향으로 돌아온 것은 고향과 화해하기 위해서였습니다. 어떤 의미로 6·25는 아직도 화해가 되지 않았습니다. 제가 난 곳이 여기 생오지에서 1.5km 정도 떨어진 산 아래 큰 마을입니다. 그 근처 마을 사람들이 "저 빨갱이 새끼가 이리로 이사 왔다"라고 말하는 걸 들었습니다. 우리 마을 이장이 "교수님한테 왜 빨갱이라고 그래요?"라고 물으면서 의아해하더라고요.

아까도 말했지만 우리 마을 사람들이 입산을 많이 했고, 또 빨치산도 있었고 우리 가족이 빨치산들과 같이 생활을 했습니다. 그런가 하면 저도 광주에 나가서 살면서 비교적 민주주의를 복원하기 위해 민중 지향적인 생각으로 살아왔지요. 기자 생활 하면서 유신이나 군사정권에 대해 삐딱했고 결국 5·18 때 해직이 되었으니까요. 제가 대학교 다닐 때 ROTC 훈련을 받으려고 지원했는데 안 됐어요. 조회를 다 하잖아요, 신원조회. 그것 때문에 안 된 적이 있었어요. 마을 사람들이 저를 빨갱이라고 해서.

제가 고향으로 돌아온 이유는 간단해요. 고향의 역사와 의미를 새롭게 재해석하고 고향을 소재로 작품을 쓰는 작가가, 고향을 등져서는 안 되잖아요. 얼마나 고향이 그립겠어요? 고향에 오고 싶고 늘 고향에 살고 싶었지요. 그런 생각을 늘 하고 있었는데, 일종의 피해의식 때문에 서운한 감정으로 고향을 외면해버리면 안 되지 않습니까? 그래서 고향과 화해하고자 했습니다.

아버지가 세상을 뜨시면서 저보고 절대로 고향에 돌아가지 말라고 당부하셨습니다. "아들아, 너는 그 징헌 고향에 절대 돌아가지 마라"라는 긴 내용의 유서까지 남기셨어요. 그리고 저도 한동안 아버지의 유서를 지갑에 넣고 다녔습니다. 아버지가 누명을 써서 한 석 달 동안 바로 누워서 주무시지 못할 정도로 고통을 겪으셨습니다. 경찰서에 끌려가 엄청나게 맞아 등이 물커지도록 상처가 심했어요. 그 후유증으로 일찍, 마흔일곱에 돌아가셨어요. 고향 사람들에게 모략을 당해서 그렇게 되셨으니 고향으로 돌아가지 말라는 유언을 하셨겠지요. 아버지는 고향 사람들에게 버림받았다고 생각하셨을 것입니다. 그런데 저마저 고향을 등지면 이제 영원히 고향과 멀어지게 되잖습니까. 고향을 소설로 쓰는 작가가 말입니다. 그래서 들어왔습니다. 들어와서 나름대로 고향 사람들과 화해하려고요. 고향 사람들과 같이 옛날이야기도 하고 밥도 먹고 어울리며 친해지려 했습니다.

어떤 의미로는 제가 여기 다시 들어온 것 자체가 화해입니다. 화해를 생각하며 쓴 작품이 장편소설 〈달궁〉과 〈느티나무 사랑〉입니다. 아무튼 화해를 생각하면서부터는 저 자신이 평화로워져 마침내 아버지 유서도 지갑에서 빼냈습니다. 물론 아버지와 갈등 관계에 있었던 사람들은 아직도 저를 안 받아들이는 측면이 있습니다. 별로 달갑게 맞이하진 않지요. 물론 다 그렇진 않고 나이든 몇 사람이 그렇습니다. 하지만 고향으로 돌아와서 아무렇지도 않게 그 사람들을 대할 때 제 마음이 편합니다. 그러니까 저에게 화해는 어떤 의미로는 평화입니다. 갈등이 없어지니까 평화인 겁니다.

선생님께서 그렇게 하셨음에도 불구하고 아직 화해에 이르지 못한 몇몇 사람이 주는 상처가 있지 않습니까? 그렇다면 그 상처들이 다시 쌓이는 상황이 되는 것은 아닌지요?

글쎄요. 제가 실패해서 들어왔다면 그것이 상처가 될 수 있었을 겁니다. 하지만 제가 작가가 된 것이 인생의 실패라고 할 수 없지 않습니까? 정의롭고 떳떳한 삶을 살기를 원하니까요. 그 사람들에게 떳떳하게 가서, 떳떳하게 이야기하고, 떳떳하게 대하고, 떳떳하게 살고 있으니까 그것이 상처가 되지는 않습니다. 오히려 그 사람들에게 상처가 될 수 있을지는 모르겠습니다. 죄의식 같은 형태로요. "보니까 문 교수가 참 좋은 사람인데" 하면서 말이지요.

고향 사람들을 만나면 저 스스로 낮은 자세로 먼저 인사를 합니다. 또 제가 운전을 하고 근동에 외출할 때 마을 사람들 보면 타라고 해서 실어다 주지요. 식당에서 밥 먹으면 제가 밥값을 내려고 노력합니다. 저 스스로 비교적 열린 마음으로 사니까 저는 아무렇지도 않은 거예요. 하지만 그 사람들은 저를 직접 대면하지 않으려고 할지도 모르지요.

두렵고도 그리운
고향

**원한의 감정은 사실은 자기에게 돌아오는 것이니까요.
선생님께서는 평화롭다고 말씀하십니다. 그래서인지
선생님 작품을 보면 고향으로 돌아가는 장면에서
자연의 경관을 묘사하시는데, 〈피아골〉에서도 그 산의
이미지가 피안의 세계처럼 느껴졌습니다. 또 그 안에서
샤머니즘적인 느낌도 받을 수 있고요. 선생님께서 고향의
자연을 그렇게 그리시는 것이 어떤 소설의 장치인지요?**

사실 저는 6·25 때 고향을 떠난 후 고향에 오지 않았습니다.
아까 아버님 유언도 말씀드렸지만, 제가 대학교 졸업하고 사
회에 나가서 활동하면서도 고향에 못 들어왔습니다. 고향이
6·25 때 겪었던 아픔과 상처를 다시 떠올리기가 싫은 거예
요. 아버지를 생각하면 더 그렇고요. 그런데 고향이 그립긴
했습니다. 그러면서도 한편으로는 두렵기도 했지요. 고향이
두려움으로 존재했으니까요. 그 대신 머릿속 고향의 장면들
은 상상으로 커졌습니다. 거기 사람들은 두려우면서도 고향
은 상상 속에서 더욱더 아름다워지고 신비롭게 확장되는 것
같았습니다. 샤머니즘 말씀하셨는데 제 소설 속에서 고향은

원초적 자연 그대로의 모습이랄까, 그런 신비로운 대상이기도 했습니다. 마을 앞 늙은 당산나무며 상여바위, 초장골, 큰보, 안산 너덜겅과 당집 등이 마치 신비스럽고 영적인 존재로 제 마음속에 살아 있었으니까요.

제가 원래 시를 썼지 않습니까? 그래서 제 소설에서 자연을 묘사하는 부분에 몽환적이고 시적 표현이 많습니다. 물론 자연이 가진 원초적 경이로움이나 아름다움 때문이기도 하지만 시를 쓰다 소설을 쓰게 되니 서사적 문체가 가진 건조함을 극복하기 위해 약간 환상적이고 서정적인 표현이 많습니다. 그래서 귀향하는 장면이나 고향의 자연들이 그런 식으로 그려졌을 겁니다. 첫 번째로 고향은 두렵기는 하지만 내 존재의 뿌리처럼 그리운 존재이고, 그 그리움은 상상력을 통해서 신비로운 장면이 되지요. 두 번째, 역사적 상처가 깊은 땅에 피는 꽃이 더 아름다운 것처럼 고향이 갖고 있는 아름다움을 극대화하기 위해서 시적 표현들이 나타났고요.

그리고 세 번째는 자연에 대한 친환경적 사랑 같습니다. 제가 다른 작가들에 비해서 꽃, 나무, 새, 곤충 이름 이런 것에 관심이 많습니다. 유년기에 시골에서 자랐기 때문에 제 작품에는 자연 생태에 관한 내용이 많이 나와요. 지금은 식물도감이든 동물도감이든 좋은 책이 많이 나와 있더라고요. 여러 권으로. 제가 소설 공부할 때는 식물도감이 한 권으로 조그마하게 나와 있는데 얼마나 보았던지 책이 닳고 닳았습니다. 그만큼 제가 식물을 좋아했고, 제가 다시 대학을 가면

생물학과를 가고 싶은데 아쉽다고 이야기할 정도로 나무나 풀이나 꽃에 관심이 많습니다.

이 세상에는 이름 없는 생명체는 하나도 없습니다. 하찮은 풀이라고 해도 말이지요. 우리 집 오는 길모퉁이에 보면 이른 봄에 보랏빛 코딱지꽃이 군락을 이루어 피어 있어요. 광대나물 꽃인데 코딱지처럼 조그마하다고 해서 이름 붙여졌어요. 이 세상에 살아 있는 것 중에서 이름 없는 것이 없고, 이름이 있으면 다 이야기가 있습니다. 아, 이야기가 다 있지요. 그래서 자연의 나무나 풀 하나, 벌레 하나라도 이름을 다 찾아주고 이야기를 살려주고 싶습니다. 가능하다면 모든 풀과 나무들에 이야기 QR코드 작업을 하고 싶다니까요. 소설가로서 말이지요. 그것도 하나의 인문학이라고 생각합니다. 서울에 사는 우리 손자는 곰이 쑥과 마늘을 먹고 사람이 되었다는 신화는 알면서도 막상 쑥이 어떤 것인지도 모릅니다. 그 흔한 쑥이 무엇인지 모른단 말입니다. 그런 상태로는 인문학을 할 수 없지요. 우리 땅에 있는 풀, 꽃, 새, 곤충 이름을 다 아는 것이 인문학의 시작이라고 생각합니다. 노자와 장자를 알고 사르트르를 안다고 해서 인문학을 잘 아는 게 아닙니다. 저는 자연 생태에 굉장히 관심이 많습니다. 그것들의 이야기를 다 찾아주고 싶습니다. 제 소설에서 의도적으로 그런 이름들을 다 붙여주었습니다. 확인하고 냄새 맡고 만져서 느껴본 후에 그것을 다 표현해줍니다.

마지막으로, 점점 사라져가는 지역의 토박이말을 살리는

일입니다. 제 소설 속에서 신경을 쓰는 부분이 그런 것들입니다. 이십몇 년 전에 솔제니친이 미국에 망명했을 때 있지 않습니까? 중학생 아들과 함께 슬라브어 사전을 만들고 있더라고요. 그것을 보고 감동했습니다. 러시아에서는 슬라브어 안 쓰잖아요. 그런 작가가 미국으로 망명을 가서 아들하고 슬라브어 사전을 만들고 있다는 사실이 참 감동적이더라고요. 우리나라도 지역마다 토박이말이 많은데 젊은이들은 지금 안 쓰고 있잖아요. 토박이말들이 얼마나 정감이 넘치고 아름다운 우리 언어입니까. 예를 들면 전라도 사투리에 '고맙습니다'를 '아심찮하다', '상냥하다'를 '낫낫하다', '바짝 다가오다'를 '뽀짝거리다', '겨우'를 '포도시'라고 하는데 얼마나 좋아요. 형용사나 부사 말고 명사도 그런 말이 많습니다. 그런 말을 많이 써서 활용도가 높아지면 국어사전에 등재될 수 있거든요. 작가는 언어의 채굴자이기 때문에 토박이말을 살리는 데 관심이 있습니다. 제 졸작 〈타오르는 강〉에서는 전라도 토박이말을 최대한 살려보려고 노력했답니다.

제가 사는 이 마을 이름은 생오지입니다. 제가 초등학교 다닐 때는 '쌩오지'라고 했어요. 오지 중의 오지라는 말 맞지요. 저 어렸을 때 친구들 따라서 이 마을에도 몇 번 왔습니다. 옛날 모습 그대로입니다. 가깝게 산이 에두르고 있는 이 마을은 그야말로 사운드 스케이프 공간입니다. 전혀 오염되거나 훼손되지 않은 자연 그대로의 깊은 골짜기 마을이지요. 제가 사는 이 집은 원래 '멍석마당'이라는 카페였습니다. 바닥에 멍석이 깔려 있었어요. 문 닫은 카페를 제가 샀어요. 그리고 문에다가 '문학의 집 생오지'라는 손바닥만 한 푯말을 붙였습니다. 그랬더니 마을 사람들이 와서 '생오지'라는 말을 쓰지 말라는 겁니다. 왜 그러냐고 물어보니 아무튼 쓰지 말라고 해요.

사실 어릴 때 아이들이 학교에서 생오지 친구들을 놀려먹었거든요. '이 쌩오지 놈들 쌩똥 싸고 학교 다닌다' 하면서요. 여기가 엄청 척박합니다. 논이 없어 벼도 안 나요. 그러니 나무뿌리 캐 먹고 그렇게 살았겠지요. 그래서 생오지라는 말에 대한 반감들이 있습니다. 제가 마을 사람들한테 설명했지요. 생오지는 오지 중의 오지라는 말인데 이보다 더 자연 친화적인 말이 어디 있느냐고 말이지요. 자연이 잘 보존된 청정지역이라서 앞으로 생오지가 유명해질 것이라고 했지요. 그렇게 마을 사람들을 설득해서 푯말을 붙여놓고 나니 제가 재직했던 광주대학교 학생들이 소설 공부하겠다고 한 20명 찾아왔습니다. 소문을 듣고 근동에서 소설 공부하겠다고 찾아오는 수가 자꾸 불어났어요. 그러다 보니 생오지라는 곳이 알려졌지요. 그래서 재단법인 생오지 문예창작촌을 열었어요. 신문과 TV에 생오지 문학의 집이 소개되면서 밖으로 알려지자 마을 사람들이 스스로 마을 이름을 생오지라고 고쳤어요. 여기 주소도 '생오지길'이 되었고요.

고향, 큰 가마솥의
공동체

전쟁이나 분단 상황이 선생님의 작품 속에도 많이 보이거든요. 그런 역사적인 흐름 속에서 개인이 엄청나게 상처받았고, 어찌 보면 사회 구조 자체가 바뀌어버리지 않았습니까. 그런데 이것을 고향과 연결해보면, 말씀하셨듯이 전쟁이 나지 않았다고 전제하면 여전히 아름답고 공동체가 살아 있는 곳일 겁니다. 그런 공동체의 의미로도 고향을 쓰시는 것인지요?

그렇지요. 우리가 산업화되면서 사라진 것 중에서 가장 안타까운 것이 공동체고 전통적으로 누적되어온 마을 문화입니다. 옛날 농경사회에서는 고향을 떠난 사람들이 별로 없었어요, 제 기억에. '밤 봇짐' 싼 사람 외에는 고향을 떠난 사람이 없어요. 어쩌다 노름해서 망한 사람이나 '상피'난 사람이 떠나지요. 상피는 같은 친족과 정분이 난 사람을 말합니다. 그런 사람들 외에는 고향을 떠나지 않았어요. 누대에 걸쳐서 고향에 오랫동안 삽니다. 그래서 전통적 마을마다 차별화된 문화가 엄청나게 축적되어 있습니다. 마을 문화가 결속력을 갖고 상부상조의 미덕을 키워나가죠. 매년 정월이면 펼쳐지는 농악대의 지신밟기 굿이며 불놀이, 한가위 놀이 같은 명절 행사, 한여름 천렵놀이, 가랫불넘기며 당산제를 지내는 것뿐만 아닙니다. 마을 축제와 행사를 치르는 그 속에서 서

106

로에 대한 사랑과 믿음이 커지기 마련이지요.

새마을 운동 이후로 지금은 많이 변했습니다만, 옛날에 시골에 가보면 담이 이 허리띠 이상 높지 않았어요. 얼굴 가릴 정도는 아니었지요. 서로 얼굴 쳐다보는 담이었습니다. 담이 낮았는데 그 담은 차단의 공간이 아니라 소통의 공간이었어요. 맛있는 음식 하면 '누구야!' 하고 불러서 담 너머로 음식 넘겨주고, 기쁜 일이 있으면 '누구야!' 하고 불러서 같이 기뻐하고, 슬픔도 나누고. 그런 소통의 공간이었어요. 담이 절대 높지 않았지요. 아주 부잣집, 지주 계급 집만이 담을 높이 쌓고 철창을 위로 쳤지요. 병을 깨서 유리를 박아놓고요. 보통 사람들 집은 담이 낮았어요. 서로 나누어 먹을 줄 알았지요. 애경사에는 모두 함께 슬픔과 기쁨을 나눴습니다.

제 기억에 우리 집에 사랑방이 있었는데, 통 메는 사람들이라든가 소금 장수같이 떠돌아다니는 사람들이 사랑방에서 하룻밤 묵어가요. 그 사람들은 늘 밖을 떠돌아다니니까, 마을 사람들이 다 사랑방에 모여 그 사람들을 통해서 근동의 소식을 듣습니다. 누구네가 어떤 좋은 일이 생겼는지, 누구네 아들이 죽었는지. 지금처럼 인터넷은 없었지만 오히려 소통은 잘되었습니다. 그런 마을 문화를 지금은 찾아볼 수 없잖아요.

87년 창비에서 〈타오르는 강〉이 나왔을 당시 제가 서울 종로서적에서 '작가와의 대화'를 한 적이 있었어요. 그때 사회학자 이효재 교수께서 오셨더라고요. 강의 끝나고 차 한잔

하자고 해서 제가 그 집까지 갔습니다. 〈타오르는 강〉을 보면 큰 홍수가 났을 때 마을 사람들이 각자 가진 먹을 것을 한데 모아서 커다란 가마솥에 끓여 같이 나누어 먹는 장면이 나오는데, 그분이 여기에 큰 관심을 갖더라고요. 이 교수님은 그건 다산 정약용의 '여전제'에서 비롯된 것으로, 공동체 사람들이 공동노동으로 토지를 경작하고 생산물을 분배하는 공동농장제 같은 것이라고 했어요. '모샤브(이스라엘의 촌락 공동체)' 같은 형태라는 거죠. 그러니까 공동체적 삶의 표본이 다산에게서 나온 거라고 하더라고요. 전 그걸 몰랐어요. 옛날에 우리 마을에 큰 홍수가 졌을 때 마을 사람들이 식량들을 모아 큰 가마솥을 몇 개 걸고 끓여서 다 같이 나누어 먹고, 다 같이 일해서 보를 복구하고 농사를 지었거든요. 과거엔 어려울 때는 마을 사람들이 힘을 모아 함께 고통을 나눴어요. 그래서 우리 마을에서는 흉년에도 굶어 죽는 사람들이 없었어요. 그때는 군에서 제방을 쌓아주거나 식량을 배급해주지 않았습니다. 다 마을에서 해결했거든요. 산업사회 이후로 그런 공동체적 삶이 완전히 붕괴했어요. 그런 것들이 굉장히 아쉽지요.

사실은 공동체가 무너지고 도시적 삶에서 익명성이 보장되면서 폐해가 많잖아요. 예전 공동체 문화가 살아 있을 때는, 가령 제가 우리 마을에서 벗어나 면에 나갔다가 배가 고프면 아무 주막에나 가서 '나 어디 마을에 사는 누구요' 그러면 그냥 줍니다. '아, 너 그 아버지가 누구지?' 하면서. (웃음) 또 인사 안 하고 다니면 난리가 납니다. '저 어느 마을 누구네 아들놈 싸가지 없다'면서 소문이 싹 나거든요. 그러니까 행동도 반듯하게 해야 하고. 대신 어디 누구네 집에 가서 밥을 얻어먹을 수가 있고 돈도 필요하면 빌려 쓸 수가 있었거든요. 그런 아름다운 삶이었어요. 그런데 익명성이 보장되면서, 지금은 같은 아파트에 살면서도 서로 인사도 안 하잖아요. 옆집에서 누가 죽어도 가보지도 않잖아요.

산업사회 때는 우리나라 사람들이 잘사는 미국이나 유럽에 가서 많은 것을 배우려고 했습니다. 그런데 요즘에는 잘사는 나라보다 못사는 나라에 더 많이 가지요. 오히려 못사는 나라, 동남아 쪽에 가면 공동체 문화가 원형대로 살아 있습니다. 저는 동남아 여행을 가끔 갑니다. 가난한 나라로요. 그 사람들은 우리 6·25 이전의 공동체 문화를 그대로 간직하고 있습니다. 저는 좀 잘살고 GNP가 높은 나라는 공동체 문화가 붕괴했고, 못사는 나라는 오히려 우리가 옛날에 누리고 살았던 공동체적 삶이 보존되어 있다고 봅니다. 공동체가 살아 있는 나라는 행복지수도 높아요.

공동체적 삶에 대한 막연한 향수가 아닙니다. 언젠가는 우리도 그렇게 공동체를 복원해나가야 하지 않나 생각합니다. 도시에서도 가능하거든요. 아파트에서도 가능하고. 도시 공동체, 공동체 마을이 도시에서도 중요하다고 봅니다.

공동체적 삶에 문제를 제기하는 차원에서 글을 쓰시는

**부분도 중요하다고 생각합니다. 선생님의 인터뷰 내용을
본 적이 있습니다. 공동체 사회로 나아가는 것이 오히려
더 열린 저항과 역사적 소명의식과도 연결되어 있다고
말씀하셨습니다. 지금까지도 같은 맥락으로 이어서
생각하시는 듯합니다.**

졸작 〈타오르는 강〉은 1886년 노비세습제가 풀려 자유의 몸
이 된 노비들이 영산강에 모여 살면서 그들만의 공동체를 만
들어가는 이야기입니다. 그들은 처음으로 자기네들 삶의 터
전, 즉 고향을 만들어가는 과정에서 함께 일하고 함께 먹는
완전한 공동체적 삶을 살아갑니다. 저는 도시공동체는 나눔
이라고 생각합니다. 어렵게 생각할 게 아닙니다. 게마인샤프
트(Gemeinschaft) 정신이라고 하지 않습니까? 삶이 캡슐화하
면서 다 자기중심적 삶을 살고 있어요. 사람들이 '나만 행복
하면 된다'는 생각으로 살지요. '네가 행복해야 나도 행복해
질 수 있고 우리 모두가 행복해질 수 있다'는 게마인샤프트
정신이 굉장히 필요하다고 생각합니다. 그런 운동을 하는 단
체가 요즘 많이 생겼습니다. 그런데 우리 현실 생활에서 확
장되기는 어렵더라고요. 종교단체나 이런 데서는 잘되지만.

**문학에는 확산의 힘이 있지 않습니까? 선생님이 그런
작품을 쓰고 계시고요. 사실 사람들이 상상력을 가지길
원하고 상상하길 원한다고 말씀하시는 것으로 보입니다.
분단 문제나 남남갈등의 문제, 5·18이나 4·3처럼**

역사적 문제가 지금도 갈등 요소로 많이 남아 있습니다.
선생님께서 말씀하신 공동체와 고향이 이런 문제와
연결되는 부분은 어떻게 보십니까?

글쎄요. 어려운 문제이고 그 연결이 막연하긴 합니다만, 6·25 끝나고 60년대까지만 해도 마을 창고에는 붉은 페인트로 '김일성 찢어 죽이자'라는 문구가 다 쓰여 있었습니다. 그 시절에 공부했던 학생들은 이북 사람들이 뿔이 난 줄 알았지요. 송기숙 씨가 그런 것들을 실감 나게 한번 합디다만. 장학사들이 신안 어느 섬으로 갔어요. 전교생이 배가 닿는 데까지 나와서 있는데, 학생들 다리에 '김일성 찢어 죽이자'라고 쓰여 있더라는 이야기였습니다. (웃음)

분단과 이질화라는 문제를 심각하게 생각하고 동질성의 회복 문제를 생각하기도 쉽지 않았습니다. 60년대만 해도 이렇게 분단이 오래가서는 안 된다고 함부로 말할 수 없었지요. 그렇게만 해도 이적 행위로 몰아서 잡아갔으니까요. 그런데 저는 〈철쭉제〉 같은 작품을 민족의 동질성을 생각하면서, 이념의 갈등을 풀어 화해를 시도해보자는 생각을 머릿속에 담고 썼습니다. 6·25가 끝나고 나서 많은 사람들에게 들은 이야기가 있는데, 머슴 놈들이 6·25 때 주인을 다 죽이고 행패를 부렸다는 것이었습니다. 저는 머슴들이 왜 그랬을까 고민하면서 뿌리를 파고 들어가 보았습니다. 그랬더니 그 전에 머슴들이 엄청나게 핍박을 받았더라고요. 인과응보로 다 연결되는 거였어요. 〈철쭉제〉에 그 이야기도 나옵니다만, 갈등의 뿌리를 찾아보는 것부터 해서 '갈등해봤자 별 의미가 없음을 알고 결과적으로 이념적 갈등을 극복하자'라는 표현은 없지만 그런 주제의식을 가지고 썼지요.

제 고향인 전라남도 담양군 남면 장단마을에서는 지금 김정은이 아무리 핵실험을 하고 미사일을 쏘아대도 '분단'이라는 상황이 멀게 느껴질 수도 있습니다. 남과 북이 갈라져 있는 상황은 현실적으로 별로 실감을 못 하지요. 6·25를 겪은 사람들 입장에서는 오히려 개인과 개인, 이 마을과 저 마을의 갈등을 더 심각하게 느낄 수 있습니다. 그 갈등이 뿌리 깊고 큰 상처이고, 그 갈등 때문에 아직도 화해가 되지 않은 부분이 있지요. 그런 것들이 여전히 많거든요. 그리고 6·25 때 떠나서 지금까지도 고향으로 돌아오지 않는 사람들이 많습니다. 그때 부모나 형제를 잃은 사람들은 이 지긋지긋한 고향을 외면하고 떠나가서 한 번도 찾지 않아요.

그래서 저는 이산가족 상봉 같은 문제도 중요하지만 우리 내부, 이 경계, 지역 내부, 마을과 마을 사이 같은 소집단 사이에 켜켜이 쌓인 갈등과 상처가 더 크다고 봅니다. 이 사람들은 지금의 분단 상황이나 통일에는 별로 관심이 없습니다. 그때 여기 살았던 사람들은 어디 가서 무엇을 하고 사는지, 왜 고향을 찾지 않는지, 묘가 있는데 벌초도 안 하고 그대로 묵혀버리는 곳이 얼마나 많은지 젊은 사람들은 모릅니다. 그래서 이 고향 안에 있는, 6·25 때문에 만들어진 갈등과 상처 그리고 화해, 이런 문제가 더 심각하다고 생각합니다. 현실적으로 더 큰 문제이지요.

그래서 저는 여기에 더 관심이 있습니다. 제 소설들은 여기에 집중되어 있지요. 분단에 대한 이야기도 있지만, 사실은 작은 지역 사회 안에 아직 아물지 않은 6·25의 상처, 그들에게 아직도 두려운 공간인 고향이 눈에 보이기 때문입니다.

우리 마을은 그때 70호가 살았는데, 지금은 그때 살던 사람들이 한두 집가량 있습니다. 나머지는 다 외지에서 온 사람들이지요. 떠난 사람들은 모두 상처를 가지고 있어요. 이 사람들에게 '고향'은 과연 무엇인가? 이런 문제에 관심을 둡니다.

기록되지 않는
역사의 복원

저는 선생님의 작품을 읽으면서 그런 갈등을 해결하는 과정, 한이 삭거나 해원되는 과정을 더 집중하여 그리셨다는 느낌을 받습니다. 집단의 한은 어떤 에너지의 표출로 해소될 수 있다고 말씀하셨는데, 역사라는 거대한 흐름으로 인해 개인이 받은 상처를 해한하는 방법이 무엇이라고 보시는지요?

저는 큰 역사의 흐름과 함께 만들어진 한은 집단적인 한과 함께 풀릴 수 있다고 봅니다. 역사적인 한은 풀릴 수 있어요.

그런데 개인적인 한, 작은 한들은 쉽게 포기하기 때문에 잘 안 풀립니다. 그래서 그런 것이 더 중요하다고 봅니다. 작가는 기록되는 역사도 중요하게 여기지만 기록되지 않는 역사를 더 중요하게 봅니다. 개인의 구체적인 삶의 모습은 기록되지 않는 역사거든요. 그런 기록되지 않는 삶의 역사를 복원하는 일이 중요하다고 생각합니다.

제가 〈타오르는 강〉을 쓰려고 취재해보니 이렇습니다. 조창이었던 영산포에 세곡을 전부 모아놓았다가 배에 싣고 군산을 경유해서 경창으로 옮겨갑니다. 낮에 사람들이 보는 데서는 그 세곡을 모두 배에 싣습니다. 그런데 밤이 되면 관리들이 빼내서 자기 창고로 옮깁니다. 그리고 배에 불을 지르지요. 그러고서 농민들이 다 훔쳐갔다고 보고합니다. 다시 세곡을 걷지요. 지금 생각하면 말도 안 되지만 그런 일이 비일비재했거든요. 그런 것이 기록되지 않는 역사입니다.

'모두먹기 떼'도 있었습니다. 1888년 내리 3년 큰 흉년이 들었을 때 자기 가족만 있으면 무얼 훔칠 수도 없습니다. 꼼짝없이 굶어 죽게 생겼지요. 죽지 않으려고 강가로 나가서 게를 잡아 삶아 먹습니다. 흔히 먹을 수 있는 것이 게이기 때문인데, 그걸 먹으면 항문이 막혀서 죽습니다. 더욱이 개인이나 가족 단위로 그냥 집에 있으면 굶어죽을 수밖에 없지 않겠습니까? 소수로는 죽으니까 열, 백, 이백, 오백 사람이 모여서 마을마다 이동합니다. 메뚜기 떼처럼 말이지요. 있는 것 다 주워 먹고 또 다음 마을로 옮기는 것이 '모두먹기 떼'입니다. 3년 가뭄이 들었을 때 그것이 굉장히 유행했다고 합니다. 3년 후에 그 사람들이 살아서 고향으로 돌아옵니다. 이런 것이 모두 기록되지 않은 역사 아닙니까?

물론 기록된 역사 중심으로 쓰는 작가도 있습니다. 그 역사 속에서 중요한 인물, 예를 들면 '이순신'이라든가 하는 사람들은 중요하다고 봅니다. 하지만 그런 인물은 역사가들이 더 잘 알지요. 기록되지 않는 역사, 그 흐름 속에 한꺼번에 휩쓸려가는 인간들의 삶, 그들의 가장 구체적인 모습, 슬픔과 고통 그리고 힘, 이런 것을 찾아내서 정리해주는 일이 작가의 큰 몫이 아닌가 생각합니다. 〈타오르는 강〉에 역사적 인물은 별로 나오지 않아요. 진부 무지렁이만 나오거든요. 이 사람들이 그 시대에 어떻게 살았고, 세상에 대해 어떻게 눈을 떴고, 어떻게 세상을 알아가는가 하는 것을 썼습니다. 일부러 그랬습니다.

제 소설에는 지식인이 별로 나오지 않습니다. 지식인들은 지식의 눈으로 세상을 바라보고 자기중심적으로 한 번 굴절시킵니다. 지식인이 아닌 사람들, 무지렁이들은 보는 대로 전합니다. 그것이 더 진실하다고 생각해요. 한 평론가는 그러더라고요. 제 소설에 지식인을 좀 등장시켜야 독자가 생긴다고요.

**선생님께서 집중하시는 부분은 그 사람들의 구체적인
감정인 것 같습니다. 저도 그런 구체적인 감정을**

**미시적으로 풀어내는 것이 중요하다는 말씀에
동의합니다. 그런 방법을 문학 작품 속에서 어떤 선으로
끌고 가시는지 구체적으로 말씀 부탁드립니다.**

작가적 시선은 피해자 쪽에 더 많이 가야 하지 않겠습니까?
그 피해자가 피해자로 끝나지 않고, 자칫하면 가해자가 되기
도 하고요. 잘되어서 그 피해의 상처를 스스로 치유함으로써
새로운 삶을 살 수도 있지요. 피해자를 어떤 시각으로 재창
조할 것인가는 그때그때 상황과 주제에 따라서 달라질 수 있
다고 봅니다. 가해자가 피해자가 되는 경우도 많거든요. 복
수 같은 방법으로 말이지요. 또 피해를 잘 극복함으로써 거
듭나는 삶을 살아가는 사람도 있지요. 이것도 하나의 훌륭한
삶입니다.

그런데 소설적 인물로는 피해자가 가해자로 변모하는 것
이 훨씬 더 매력적입니다. 사실 피해자가 상처를 치유하고
거듭나는 삶을 살아가는 것은 너무나 종교적이면서 비소설
적입니다. 제가 80년도에 신문사에서 해직되고 천주교를 다
녀서 영세를 받았습니다. 천주교 신자가 된 뒤로 보니까 저
도 모르게 소설들이 화해와 용서로 끝나더라고요. 깜짝 놀랐
습니다. 문학에는 화해가 없고 갈등만 있거든요. 갈등의 미
학을 보여주는 것이에요. 화해는 독자들이 하는 것입니다.
문학이 서로 손잡고 화해하라고 시킬 수는 없어요. 문학은
절대로 작가가 화해시키지 않습니다. 화해의 실마리를 던져
줄 수는 있겠지요. 하지만 결국은 독자에 의해서 화해가 되

지요. 어쨌든 저도 모르게 소설의 주제가 변한 것에 그렇게 놀라고 나서 한동안 천주교를 멀리한 적이 있습니다.

작가의 시선은 조금 더 냉정할 필요가 있습니다. 약자들 편에 서는 것만을 선으로 생각해도 안 되거든요. 그것은 도식화할 위험이 있어요. 악마에게도 충분한 삶의 근거가 있고 나름대로 자기 삶에 대한 논리가 있기 때문입니다. 작가는 모든 사람에게 똑같은 시선을 두어야 합니다. 예컨대 종교 소설이나 도덕 소설은 약자의 편에 서는 것만 선으로 여기고 화해와 용서로 끝맺을 수 있겠지만, 본격 순수소설에서는 그래서는 안 되겠지요.

망각될 수 없는 기억, 5월 광주

2000년 〈그들의 새벽〉이라는 소설을 쓰셨습니다. 어느 인터뷰에서 "왜 자꾸 5월을 다루느냐는 말들 때문에 5월 소설은 그만 쓰려 한다"라고도 하셨는데요. 선생님께서는 5·18 이야기를 하시면서 '기억'에 대해 말씀하셨습니다. 5·18을 이야기하고 기억한다는 것은 선생님께 어떤 의미일까요?

제가 5·18 소설을 다시 안 쓴다고 한 데에는 이유가 있어요. 그 책을 내고 방송국에 소개된 적이 있습니다. 그런데 아나

운서가 이런 이야기를 하더라고요. 자기네 아파트가 큰 단지이고 거기에 큰 서점이 있었다고 합니다. 가서 문순태 씨의 〈그들의 새벽〉을 찾으니 주인이 "우리는 5·18 소설 취급 안 합니다"라고 했대요. 가져다 놔도 팔리지 않는다고요. 농담으로 지나가면서 그러더라고요.

그 말이 제게 화살처럼 박혔습니다. 5·18 소설이 잘 안 팔린다는 것은 알고 있었습니다. 5·18 소설이라고 하면 출판사에서 안 내주려고 합니다. 사실 5·18 소설을 안 읽지요. 우리 지역 작가들은 그 사실을 잘 알지요. 그래서 안 써버립니다. 그런데 제가 생각하는 5·18 소설의 문제는 이겁니다. 5·18을 직접 체험한 사람들은 이제 5·18 작품을 그만 써야겠다는 것이지요. 비체험 세대가 객관적인 시각으로 보다 차분하게 5·18을 보아야 할 필요가 있다고 생각했습니다.

저는 너무나 생생하게 체험했기 때문에 문학적 형상화를 중요시하기보다는 실체적 진실을 밝히는 데 급급했습니다. 그때 5·18 소설을 쓰기 위해서 자료를 엄청나게 많이 모았습니다. 지금은 5·18 자료집이 두꺼운 책으로 한 30권 이상 나와 있을 겁니다. 그때는 그런 자료가 나와 있지 않았어요. 그래서 기자들 취재수첩을 동원하고, 군 장성들이 모여서 짠 5·18 시나리오 같은 부분, 비사(祕史) 같은 것들을 모아 책 한 권 분량이 되었습니다. 한길사가 큰 출판사 아닙니까? 거기 김언호 사장이 독일 가면서 비행기에서 그 원고를 다 읽었다고 합니다. 그러면서 그 비사 부분을 빼면 좋겠다고 하더라고요. 그때는 2000년이니까 그럴 수 있다고 생각했습니다. 고민하다가 한 권 정도 분량을 빼버렸거든요.

〈그들의 새벽〉을 쓰고 깨달은 바가 이겁니다. 저는 기자 출신이고, 그 당시를 너무 생생하게 체험했고, 아직 덜 밝혀진 부분이 너무나 많다는 사실을 알고 있어요. 고인이 된 조비오 신부님이 그러셨어요. 부랑자를 수용하는 갱생원 식구 한 30명이 도청에 있었다고 해요. 그 망태 지고 쓰레기 주워서 파는 젊은이들 말이오. 우리 집 앞으로도 다녔거든요. 도청이 함락되기 전에 이 애들이 사직공원으로 가서 싸웠다는 겁니다. 당시 헬기도 뜨고 그랬는데요. 헬기에서 총을 쏘아댔어요. 그런데 그 애들이 행방이 묘연하다고 이야기해요. 제가 그 갱생원 원장을 개인적으로 잘 알았어요. 이것을 밝히자고 몇 번이나 청했지만 전혀 입을 열지 않았어요. 자료도 주지 않고. 지금은 돌아가시고 없는데. 예를 들어 이런 행불자가 너무나 많습니다. 광주교도소 등 여러 곳에 암매장했다는 소문도 있고요. 그런 실체적 진실들이 전혀 안 밝혀졌지요. 최초 발포명령자도 밝혀지지 않았잖아요. 그것을 조금이라도 밝히고 싶은 기자적 관점에서 체험자로 접근하다 보니 문학적 형상화가 조금 소홀해진 측면이 있어요.

냉정하게 말해서 5·18 소설은 6·25 소설과 마찬가지로 비체험 세대가 더 좋은 작품을 쓸 수 있다고 생각합니다. 체험 세대는 예술성 확보보다는 진실규명에 매몰되니까 문학적으로 성공할 가능성이 적지요. 물론 임철우의 〈봄날〉이나 한강의 〈소년이 온다〉는 성공한 작품이라고 생각합니다. 임철우는 냉정하게 작가적 입장에서 썼고 한강은 비체험 세대거든요. 저는 기자 출신이었기 때문에 진실 추구에 대한 마음이 조금 더 강했던 셈이지요.

또 저는 매일 도청 앞 광장에 나갔고 수시로 도청에도 들락날락했으니까요. 전남매일신문사가 도청과 가까웠습니다. 그때 기자들은 밖으로 못 나가고 편집국에만 있었습니다. 계엄군 대여섯 명이 총을 메고 와서 전부 편집국으로 모이게 하더라고요. 그러고 나서 한 바퀴 돌고 한동안 돌아다니더니 나가더라고요. 얘들이 어디로 갔냐 했더니 식당으로 갔답니다. 있는 음식은 모두 먹고 갔다는 겁니다. 배가 고팠으니까. 우리 기자들이 취재한 바에 따르면, 계엄군을 굶기고 소주만 먹였다고 해요. 소설적 장면보다는 이런 사실이 중요해 보이거든요. 취재수첩에 있는 이런 삽화를 넣고 싶은 욕심. 문학적 성과보다는 말이지요. 그래서 비체험 세대가 더 좋은 작품을 쓸 수 있으리라 봅니다.

저는 5·18이 어찌 보면 상품화되었다고 생각합니다.
5·18이 기념화되면서 과거에 일어난 비극적인, 일회적
사건이 되어버린 상황으로 보입니다.
그렇지요. 저도 5·18이 상품화되었다는 말에 공감합니다. 아까 말한 기억이란 망각의 반대말입니다. 망각하고 있다가 5월만 되면 연례행사처럼 기계적으로 기억을 끄집어내는 것이지요. 기억을 끄집어내서 기념행사하고 광주를 찾는 정치인들과 어울리면서 어느 정도 만족해하고 다시 망각하고, 그렇게 하면 안 된다고 생각합니다. 그때 광주 인구가 50만이 넘었을 겁니다. 그런데 광장에 30만 가까이 나갔거든요. 광주 사람들이 거의 다 나간 것 아니겠습니까? 이 사람들이 다 5·18의 주역이었지요. 늘 비난하는 이야기이고 되풀이되는 이야기이기는 하지만, 5·18 단체들이 중심이 돼버리니까 자꾸 상품화되고 또 몇 사람들은 그것으로 먹고살고. 기억은 늘 살아 있어야 합니다. 망각으로 가면 안 되고 늘 기억 자체로서 살아 있어야 합니다. 시계탑 하나를 보아도 5·18을 기억해야 합니다. 그래서 시계답도 복원하지 않았습니까? 계엄군이 시민들 몰래 치워버린 시계탑이 35년 만에 그 자리로 돌아왔어요. 제가 2016년에 그 이야기를 가지고 〈시계탑 아래서〉라는 소설로 썼어요.

　요즘에는 또 5·18을 전혀 모르는 대학생들이 와서 행사의 중심이 되고 있습니다. 그 애들이 뛰고 노래 부르고 난리지요. 이 친구들은 5·18을 전혀 모르거든요. 이것도 상품화의 한 맥락이지요, 축제같이 화려하게. 좀 차분하게 그날의 아픔을 되새기고 토론하는 작업도 필요하다고 봅니다. 저는 그 시절에 겪은 이야기 하나라도 되살리는 작업을 한 것이지요. 저 개인만 해도 아주 엄청난 기억이 있습니다. 우리 집이 마지노선이었습니다. 큰길 건너편에는 계엄군이 진을 치고 있고, 맞은편에는 시민군이 있었어요. 조그만 애들, 중학생쭘 되는 애 둘이 총을 질질 끌고 와서는 우리 집 옥상으로 올라가서 밤새도록 총을 쏘아대는 겁니다. 애들이 이틀 밤을 새웠어요. 제가 올라가서 "야들아, 너희들도 그만 자고 우리도 잠 좀 자자"라고 했더니 애들이 "무서워서 못 있겠어요, 총이라도 쏘아야 견딜 수 있습니다"라고 하더라고요. 얼마나 공포스러웠으면 어두운 하늘을 향해 총을 쏘아댔겠습니까. 그 애들이 가면서 플래시를 빌려달래요. 켜보니까 빛이 희미하더라고요. 살아남으면 돌려주겠다고선 지금까지 소식이 없습니다.

계엄군이 온 날, 새벽 6시가 되니까 전화가 오더라고요. 받으니 "여기 계엄사인데 빨리 나와서 신문을 제작하라"고 합디다. 왜 나한테 전화하느냐고 했더니 사장부터 차례대로 전화를 했는데 다 안 받아서 편집부국장인 저한테까지 온 거예요. 그래서 뭘 가지고 신문을 만드느냐고 하니 자기들 계엄군이 발표한 내용으로 만들랍니다. 하지만 그러면 안 되잖아요. 공무국장과 기자들한테 "신문 만들라고 하니 다 도망가라"고 하고 나선 저도 짐을 싸서 서울로 가려고 했어요. 증명도 없이 택시를 여러 번 갈아타고 정읍 터널 입구에 가니까 양파인가 뭔가를 실은 트럭들이 줄줄이 서서 짐을 풀고 있었어요. 트럭에 무기나 사람이 있지 않은지 확인하려고 했던 거죠. 그 광경을 보고 저는 택시에서 내려 산을 넘어서 고창으로 갔어요. 이런 일은 광주를 나간 사람들 누구나 체험한 것들이지요. 5·18 행사 때 이런 체험을 몇 사람이 나와서 발표한다든가 하는 방식으로 되살려내야 하는데 춤추고 노래하는 등 상품화되고 있어서 광주 시민들은 불만이지요. 사실 광주 시민과 5·18은 점점 멀어지고 있습니다. 굉장히 안타깝지요. 광주 시민들이 간직하고 있는 기억의 파편들을 찾아서 한데 모으는 일이 시급합니다.

저는 5·18을 대할 때마다 '왜 사람들이 끝까지 도청에 남았을까?' 하는 의문이 듭니다. 25일에 무기를 회수해서 투항한 사람들이 있고, 남은 사람들이 있었지 않습니까? 분명히 죽음의 공포가 있었을 텐데 왜 그랬을까 하는 의문이지요.

제가 쓰고 싶은 것도 그 부분입니다. 그 넝마주이들, 당시 민주주의에 대해 이론적 무장도 되어 있지 않았는데 그들은 왜 죽음을 선택했을까 하는 게 의문이었어요. 소설에서 그 의문을 풀어보았습니다. 그 일주일 동안 그 친구들은 태어나서 처음으로 인간 대접을 받은 겁니다. 가는 곳마다 밥 주고 박수를 쳐주니까요. 그 넝마주이들이 세상에 나와서 처음으로 사람대접을 받았지요. 그런데 이것이 끝나면 다시 또 사람대접을 못 받고 천시당할 줄 알기 때문에, 그 일주일 동안의 기억을 그대로 간직하고 싶어서 죽음을 선택하지 않았을까 하는 겁니다.

기억의 실체는 정말 중요하다고 생각합니다. 이

사회가 보수화되면서 5·18이 부정되는 경우가 있지 않았습니까? 5·18의 죽음, 과거의 역사적 죽음이 더 이상 부정할 수 없는 상황이라고 생각했는데, 역사가 거꾸로 돌아가듯이 북한군 개입설도 나왔고 말입니다.

그러니까요. 세상에 북한군이 개입했다니요. 말이 안 되지요. 시민군이 파출소에 가서 바로 무기를 인수한 장면을 제가 다 보았습니다. 그러니 말이 되지 않는 소리지요. 보수화로 역사가 후퇴하니까 더 안타까워요. 사실 발포명령자도 밝혀져야 하고 행불자에 대한 조사도 더 이루어져야 합니다. 보상이 덜 이루어진 부분도 해결해야 합니다. 학문적으로 더 연구할 부분도 있고요.

이제는 5·18이 행사 중심으로 가지 말고 5·18의 정신을 학문적으로 체계화해야 할 때라고 봅니다. 그 이념의 체계화가 필요합니다. 몇 년 전 광주 MBC에서 '광주정신'에 대해 강연한 적이 있습니다. 제가 말한 것은 두 가지입니다. 하나는 '광주정신'이고, 또 하나는 요즘 광주이즘(광주ism)이라고도 하는 '광주다움'입니다. 광주정신은 5·18 정신이지요. 지금은 그 5·18 이념을 이론적으로 연구해서 체계화해야 합니다. 또 하나는 광주가 풍류의 도시라는 겁니다. 광주다운 멋과 맛, 이런 쪽으로 정리해서 광주이즘이라는 체계를 만들자는 주장이지요.

행사나 운동보다는 파편화된 기억들을 수집하고, 조금 더 학문적으로 연구할 뿐 아니라, 교육을 통해 그 정신을 계승

하는 부분도 더욱 치밀하게 이루어져야 하는데, 세상이 보수화되는 동안 하나도 이루어지지 않았습니다. 행불자에 대한 조사도 멈춰 있었지 않습니까? 멈춰 있으니 유언비어가 퍼지고 했지요. 그래서 5·18 정신을 계승하고 학문적으로 체계화하는 작업이 더욱 왕성하게 이루어져야 합니다.

분단 속 위험,
국가폭력의 재발 가능성

앞서 6·25가 없었으면 5·18도 없었을 것이라고 말씀하셨습니다. 마찬가지로 분단의 지속은 이미 국가폭력으로 규정되고, 민주화항쟁이라는 이름을 달고 있는 광주 5·18을 왜곡하는 상황을 만들기도 합니다. 이런 상황을 어떻게 보십니까?

우리가 문학에서 '분단 극복'이라는 말을 많이 합니다. 그런데 그 분단을 극복하는 방법을 찾기에 앞서 저는 분단이 왜 일어났는지부터 보아야 한다고 생각합니다. 누구 때문에, 무엇 때문에 분단이 이루어졌는지 깊게 인식할 필요가 있습니다. 늘 여기서 시작되어야 한다고 말하고 있습니다. 그렇지 않습니까? 물론 통일이 되면 분단은 극복될 겁니다. 그러나 그 이전에 분단의 원인에 대한 분명한 규명이 없으면 안 되지요. 아직은 분단 때문에 완전한 자유, 완전한 조국, 완전한 평화가 이루어지지 못하고 있지 않습니까? 보수화도 분단 때문에 이루어지고 있고요. 그렇기 때문에 5·18도 그 연장선상에서 생각할 수밖에 없다고 봅니다. 분단되지 않고 완전한 조국, 완전한 평화, 완전한 정의, 완전한 인권사회가 이루어졌다면 5·18은 일어나지 않았을 테지요.

우리 역사가 후퇴하면 또 5·18이 일어날 수 있다고 생각합니다. 지난 몇 년 역사가 후퇴해왔는데 더 후퇴하면 1980년대로 후퇴할 수도 있어요. 지금 많은 사람들이 얼치기 중산층이 되어, '시대정신'에 둔감해져 있어요. '나만 행복하면 된다'라는 생각 말입니다. 좋은 자동차 하나 있고, 가족들과 맛있는 음식을 먹고. 그것을 즐기는 사람들이 얼마나 많습니까. 자칫하면 후퇴할 수 있고 5·18이 재발할 수 있습니다. 우리가 늘 경계해야 하지요.

80년 5월 19일에 방송했던 전옥주 씨가 있습니다. 전옥주 씨가 이후에 간첩 혐의로 정보기관에 넘겨졌지요. 사실 시민군 내부에서도 간첩이라는 이야기 때문에 포박당하고 했습니다. 그것이 참 아이러니하다고 생각합니다. 목숨이 경각에 달린 상황에서도 간첩이라고 신고할 수 있는 것은 우리에게 반공, 분단 이데올로기가 그만큼 뼛속 깊이 박혀 있기 때문이라고 봅니다.

그 상처가 너무 깊기 때문에 그렇습니다. 너무 두려우니까요. 5·18 때 광주나 목포 이쪽은 참여도가 높았습니다. 그런데 순천과 여수 이쪽은 조용했습니다. 6·25 이전 여순 사

건 때 순천과 여수에서 주민들이 엄청난 피해를 보았기 때문
이지요. 그래서 5·18 때는 움츠릴 수밖에 없었지요. 과거의
그 공포 때문에요.

광주 사람들이 목소리를 높이면 "광주 사람들 또 한풀이
하려고 난리 피운다, 억지 쓴다"라고 하지 않겠습니까. 5·18
기념재단이 규모가 상당히 커졌습니다. 5·18 기록관도 만
들어졌고요. 우리만이라도 그런 작업을 해야 하지 않나 합니
다. 우리만이라도 차분히 계획을 세워서 진실을 규명하는 작
업을 해야 합니다. 이 작업이 계속되어야 한다고 봅니다.

5·18을 말씀하시면서 남남갈등, 서로를 적대시하는
시각이 지금도 여전하며, 이것을 해소하는 방법으로
5·18의 진상을 규명하고 기억하는 것을 말씀하셨습니다.
그런데 반대편에 서 있는 사람들에게 과연 얼마나
설득력이 있을지 궁금해지는 부분이 있습니다.

북한군이 5·18을 지원했다는 이야기, 일베(일간베스트 저장소)
에서 나온 부분들. 5·18 유관 단체에서는 여기에 어떻게 대
응할지 고민하는데 결국 그들에게 항의하고 근거 자료를 보
여주는 수준에 머물고 있습니다. 그렇게 해서는 해결되지 않
습니다. 그 사람들은 계속 아니라고 주장할 테니까요. 이럴
때는 법이 해결해야 한다고 봅니다. 제대로 수사해서 제대로
처벌을 하고, 사실이 아님을 정부에서 밝혀주어야지요. 그
런데 전부 다 그냥 두고 있지 않습니까? 계속해서 확대 재생

산되고 있지요. 또 모르는 사람들은 일베 이야기를 믿게 되죠. 광주의 목소리는 작고 그쪽의 목소리는 크니까 솔깃해하는 사람들이 있을 수 있으니까요. 5·18 때 군인들 막사에서는 빨갱이들이 일으킨 것이라고, 북한군이 내려왔다고 했답니다. 이런 부분은 정부에서 엄격하게 대처해야 합니다. 어찌 보면 이런 것도 국력 낭비 아닙니까? 말로만 대통합이라고 하면서 말이지요. 벌 줄 사람들은 엄격하게 처벌해야 합니다.

광주에는 민주시민이라는 대단한 자긍심을 갖고 사는 사람들이 많습니다. 아직도 광주를 이상한 눈으로 보는 사람들이 적지 않은 반면에 말이지요. 이러면 광주 사람들이 움츠러들어야 하는데 그러지 않아요. 오히려 자랑스럽게 생각하지요. 저는 이것이 5·18이 가져온 민주주의의 위대한 힘이고 꽃이라고 봅니다. 또 해외에서는 광주 5·18에 간접적으로 많은 영향을 받았습니다. 광주 5·18기념재단에서 시민의 이름으로 세계인권상을 주기도 하지요. 그동안 보수 정권에서 광주 사람들은 인사 문제에 철저하게 배제되었습니다. 경제적 지원도 푸대접받았지요. 하지만 시민들은 그런 것에 불만을 품지 않습니다. 이곳이 민주화의 성지라는 애향심과 자긍심 때문이지요. 용기가 자부심을 만들었어요. 사실 5·18 정신이 확산되고 우리나라 국민 모두가 인정한다면 광주 사람들이 이렇지 않을 겁니다. 오랫동안 광주가 섬이 되다 보니까 오히려 더 떳떳하고 자긍심을 크게 느끼는 것 같습니다. 저는 괜찮다고 봅니다. 약간은 상품화되고는 있지만 지금도 행사가 열리면 전국에서 민주주의를 사랑하는 사람들이 몰려오고 금남로가 꽉 찹니다. 그런 면에서 광주 시민들은 아직 상처가 아물지 않았는데도 벅찬 감동을 느끼곤 합니다. 광주는 앞으로도 역사 속에서 찬란하게 빛날 것이니까요.

파괴된 공동체의 복원과 치유를 위한 해한

　　작가는 자신이 소설가가 된 이유를 한국전쟁에서 찾는다. 한국전쟁이 발발하면서 작가는 부모님을 따라 백아산으로 들어가 빨치산들과 함께 생활하게 된다. 토벌대를 피해 산중 이곳저곳 도망 다녀야 했던 기억은 아직도 생생하다. 무엇보다 그를 힘들게 하는 기억은 토벌대에 죽어간 수많은 사람들, 더욱이 이념이 무엇인지 좌익이 무엇인지도 모르는 사람들의 죽음이었다. 감수성이 한창 예민한 나이였던 그때 그러한 경험은 평생 씻을 수 없는 고통과 슬픔, 한마디로 한(恨)으로 남았다.

　하지만 그의 인생에서 비극은 이것으로 끝나지 않았다. 그의 나이 마흔 즈음, 광주 5·18이라는 또 한 번의 처참함을 경험하여야 했다. 민주주의를 요구하는 시민들이 빨갱이라는 이름이 덧씌워진 채 군부의 총칼에 죽어갔다. 그래서 작가는 광주 5·18이 한국전쟁의 연장선상에서 발발했다고 말한다.

　하지만 한국전쟁과 광주 5·18은 과거로 끝난 사건이 아니다. 그것은 상처의 기억으로 끊임없이 반복되고 있으며, 5·18의 경우 그것이 국가폭력에 의해 자행되었음을 부인하는 사례들이 빈번하게 발생하고 있기 때문이다. 그래서 그는 주변에서 뭐라고 하든 한국전쟁과 광주 5·18에 대한 이야기를 멈출 수 없다고 한다. 가슴속에 응어리져 풀리지 않은 한이 여전히 남아 있고, 그것을 외면하고 살아갈 수는 없기 때문이다.

그가 소설을 쓰는 이유는 바로 여기에 있다. 처음에는 시인으로 문단에 등단하였지만 시로는 자신의 이야기를 다 풀어낼 수 없어 소설을 쓰기 시작하였다는 그는, 무당이 되지 않으면 무병앓이를 해야 하듯이 소설을 쓰지 않으면 삶을 이어갈 수 없다. 그는 소설을 통해 자신 그리고 비극의 역사 속에서 상처 입고 죽어간 사람들의 한을 풀어내려는 것이다.

하지만 그에게 한을 푼다는 것은 상대를 향한 복수의 감정을 무화하고 상처의 기억을 망각하는 것이 아니다. 그에게 한은 비록 원한의 대상에게 칼끝을 겨누면서 시작하지만, 그것이 가능하기 위해 자신의 힘을 기르고 성장시키는 동력으로 해석된다. 즉, 비극의 역사를 경험한 사람들에게 한은 자신을 갉아먹는 부정성이 아니라 오히려 자신의 생명력을 이어나가는 출발점이 된다. 그렇기에 해한(解恨)은 상처의 역사를 기억하고 역사의 부정의를 바로잡으려는 저항이면서, 역사의 질곡에서 벗어나 생명이 살아 숨 쉬게 하는 치유다.

작가는 절대 고향으로 돌아가지 말라는 살아생전 부친의 당부에도 불구하고 광주에서의 오랜 생활을 정리하고 고향으로 돌아와 치유의 작업을 지속하고 있다. 비록 고향은 상처의 공간이었지만 이제 그에게 고향은 파괴된 공동체를 복원하고 상처를 치유하기 위해 반드시 돌아가야 하는 공간이다. 그는 자신의 고향(넓게는 전남 지역)에서 벌어진 비극의 역사, 즉 기록될 수 없었던 시간과 이름 없이 죽어간 사람들을 기억하고 이야기하면서 화해를 시도하고 있다.

4

임철우는 1954년 10월 15일 전남 완도에서 태어난 전후 세대다. 완도라는 태생적 공간은 임철우가 분단과 전쟁에 관련한 작품을 집필하는 필연적 배경이다. 유년 시절 작가는 할아버지를 따라 동네를 돌아다니며 분단과 전쟁 이야기를 접하였다. 할아버지 무릎에 누워 잠을 청하던 중 동네 주민들이 나누는 대화를 듣게 되었는데 그 이야기가 '완도 나주부대 사건'이었다. 어린 나이임에도 불구하고 분단과 전쟁의 실상을 사실적으로 접한 임철우에게는 너무나 황당한 이야기였다. 그 후 광주에서 학창 시절을 보내며 자신이 알고 있던 분단과 전쟁을 학교에서는 다르게 교육하는 모습과 대학 시절 겪은 80년 5월의 광주는 그가 소설을 쓰는 결정적 계기가 되었다.

임철우는 1981년 『서울신문』 신춘문예에 〈개도둑〉으로 당선되며 등단하였다. 대표작으로는 〈아버지의 땅〉(1984), 〈그리운 남쪽〉(1985), 〈그 섬에 가고 싶다〉(1991), 〈봄날〉(1997), 〈백년여관〉(2004) 등이 있다. 그가 전쟁과 광주 5·18을 다루기 시작한 것은 〈아버지의 땅〉과 〈그리운 남쪽〉부터다. 분단, 전쟁 그리고 광주까지 이어지는 비극의 역사는 과거로 끝나지 않고 그의 몸에 체화되어 현재로 살아 있다. 그의 작품은 이러한 삶의 무게감과 과거에 대한 집착 어린 집념이 녹아져 만든 결과물이다.

특히 〈봄날〉에서는 광주 5·18을 보다 입체적이면서 사실적으로 그려낸다. 그날 광주에서 있었던 일들에 대하여 임철우는 오랫동안 자료를 수집하고, 고통스러운 기억의 반복 과정을 거쳐 5권의 장편소설로 펴내었다. 〈봄날〉을 세상에 내놓고 세상의 호평을 받았지만 그의 어깨를 짓누르던 무게감은 가시지 않았다. 그래서 곧이어 〈백년여관〉을 내놓은 것이다.

그의 문학 작품은 분단과 전쟁을 시작으로 5월의 비극, 민중항쟁 등으로 이어져 다양한 분단이 낳은 상처를 말한다. 분단으로 인한 아픔과 기억, 그리고 상처를 문학적으로 형상화하여 많은 이들이 공감할 수 있는 길을 열어주었다. 현재 대학 강단에서 내려와 몸에 아로새겨진 과거와 현재의 문제를 지속적으로 고민하고 있다.

산 자와 죽은 자, 과거와 현재

임철우

고향, 죽음에 대한
기억

**선생님께서는 한국이 경험한 비극적인 역사와 상처를
서사화하는 작품 활동을 지속해오셨습니다. 특히 광주
5·18을 다루는 작품을 많이 펴내신 것으로 잘 알려져
있습니다. 그러한 이유가 선생님께서 살아오신 삶과 어떤
관련이 있는지요?**

저는 한반도의 분단과 전쟁 그리고 광주 5·18과 같은 비극
을 다룰 수밖에 없는 조건에서 태어났습니다. 제가 태어나
살던 공간과 시간대가 우리 역사의 비극이 펼쳐진 현장이었
어요. 사람마다 다르겠지만 저는 직접 겪으면서 느끼고 고민
하던 문제 혹은 제 안에 체화된 문제라고 할까요, 그런 것을
작품에 써왔어요. 저와는 상관이 없는 것들을 선택해서 작품
을 만들기보다는 저한테 절실한 이유가 있어야만 글을 썼지
요. 가령 등단할 즈음의 초기작을 살펴보면 한국전쟁과 관련
된 작품이 많아요. 특히 분단과 관련된 작품이 많습니다. 그
당시만 해도 사람들이 좀 의아하게 생각하더라고요.

　실제로 저는 54년생으로 휴전하고 바로 다음 해에 태어난
전후 세대인데, 직접 전쟁을 겪지 않았음에도 현재 시점으로
펼쳐지는 전쟁이나 분단에 관한 작품을 초기작으로 많이 썼
으니까요. 사람들은 그게 좀 특이하게 보였나 봐요. 왜 그런
작품을 쓰는지 질문을 많이 받았어요. 저로서는 나름대로 익

숙한 사건이었는데, 다른 사람들을 만나보니 그들은 전혀 다르더라고요. 우리 세대 친구들 역시 마찬가지고요. 그 사람들에게 전쟁과 분단은 확실히 미체험의 영역이었는데, 저는 묘하게도 제가 직접 전쟁을 겪은 것처럼 느껴졌어요. '왜 그럴까?' 생각해보니까, 제 고향이 주로 소설의 무대가 되어있더군요.

선생님께서는 전후 세대인데도 직접적인 경험자인 것처럼 느끼시는 이유를 듣는 것이 아마도 이번 인터뷰의 핵심이 되지 않을까 합니다. 그 이유가 의식적이든 무의식적이든 선생님께서 지닌 상처의 문제와 연관되어 보이기 때문입니다. 더 확장하자면 그 상처는 선생님 개인만이 아니라 전쟁과 분단으로 상처 입은 많은 사람들의 문제일 수도 있기 때문입니다. 그래서 선생님의 고향, 완도 이야기를 좀 더 구체적으로 듣고 싶습니다.

훗날 알고 보니 제 고향 완도는 특수한 곳이었습니다. 왜 특수한 곳인지를 말하기 위해서는 전쟁 당시의 상황을 좀 설명해야 합니다. 한국전쟁이 발발하고 전선이 영남 쪽으로, 마지막에는 부산, 마산 쪽으로 밀리게 되지요. 충청도나 전라도 쪽은 직접적인 큰 전투 없이 쉽게 밀려 내려온 편이지요. 당시 남한의 군 병력은 대부분이 부산, 마산 쪽으로 후퇴했어요. 그런데 또 다른 병력인 경찰 부대들은 그렇지 않았습니다. 즉 전라남도 지역 경찰 부대들은 각자 서부와 동부로 나뉘어 후퇴하게 되는데, 동부 지역인 구례·곡성·광양·여수·순천의 경찰 병력은 여수에서 배를 타고 마산으로 이동합니다. 서부지역인 장성·영광·나주·함평·해남·완도의 경찰 부대들은 전부 배를 타고 완도로 일단 후퇴하게 돼요. 당시 완도에는 연륙교가 없어서 (인민군이 쉽게 들어올 수 없으니까) 그쪽으로 내려간 것이지요.

해방 직후부터 그 당시까지는 국가 전체적으로 경찰과 군대의 역할이 아직 명확히 나뉘어 있지 않은 분위기였다고 합니다. 오히려 어느 면에서는 경찰의 힘이 더 강한 상황이었고, 서로의 힘을 견제하는 흐름도 있었다고 해요. 전라남도 쪽의 경찰 부대는 상당한 전투부대의 능력을 보유하고 있었습니다. 그런 상황에서 완도 쪽으로 대규모 경찰 병력이 이동하면서 보도연맹 학살 사건이 일어나게 됩니다. 해남읍에서도 그랬고, 완도에서는 이른바 '나주부대 사건'이 벌어집니다.

제가 소설을 쓰기 위해 이전부터 나주부대 사건에 대해 조금씩 취재했었는데요. 나주부대 사건이라는 게 뭐냐면, 나주 경찰서 병력이 중심이 되어 해남과 완도에 진입할 때 인민군인 양 위장하고는 이들을 환영하러 나온 사람들을 체포해 집단으로 학살한 사건이에요.

전쟁 당시 완도는 다리가 없었으니까 (어민들에게서) 징발한 배를 타고 다녔죠. 완도로 굉장히 많은 부대가 건너가요. 정확한 날짜라든가 상황은 공식적으로 기록이 나와 있지 않습

니다. 제가 역으로 경찰일지나 전승일지·전과일지를 구해서
찾아보니 7월 말, 8월 초에 이동했다고 나와 있었습니다. 나
주 경찰서 병력을 비롯한 전라남도 서부지역 병력은 완도읍
에 3, 4일가량 머무릅니다. 이 기간에 완도 지역 면 단위까지
지시를 하달해, 보도연맹원 전체 인원을 한날한시에 완도 읍
내로 호출해 집결시킵니다. 완도군 관내엔 유인도만 해도 20
개가 넘어요. 전쟁이 났다는 소식을 알고 있던 터라 불안하
기도 했겠지만, 이전부터 경찰서에서 틈만 나면 교육이다 뭐
다 해서 소집 점검을 해왔으므로 연맹원들은 겁먹은 채로 속
속 빠짐없이 읍내로 들어옵니다. 경찰이 여객선을 징발해서
가 면에 배를 보냈다고 해요.

　경찰은 이들 전원을 완도 중학교 건물에 수용시킵니다.
이런저런 조사도 하고 교육도 하겠다는 명목으로요. 이때 모
인 연맹원의 정확한 숫자는 알 수 없지만, 대략 3, 4백 명으
로 추정됩니다. 하루 낮밤 사이, 조사라고 해봐야 별것도 아
닌 식이었는데, 경찰은 별안간 그날 한밤중에 이들을 전원
풀어줍니다. 다 끝났으니 각자 집으로 돌아가라고요. 사람들
은 안도하면서 일단 읍내의 여관이나 친척집 같은 델 찾아가
날이 밝기를 기다립니다. 아침이 되어야 여객선들이 출발하
니까요. 그런데 그 몇 시간 사이, 캄캄한 신새벽에 엄청난 음
모가 벌어지기 시작하죠. 경찰이 인민군으로 변장하고 불시
에 읍내 거리를 휩쓸고 다니기 시작합니다. 트럭을 몰고 확
성기로 '인민군이 왔다, 인민군 만세, 조선민주주의 인민공화

국 만세' 하고 병력이 함성과 박수를 치면서 말이죠. 그와 함께 아침 몇 시까지 주민은 전원 중학교 운동장으로 모이라고 방송합니다. 잠자리에서 미처 정신도 못 차리고 깬 주민들은 그 황당한 연극에 대부분 속아 넘어갈 수밖에요.

급기야 보도연맹원 중 다수가 그때 거리로 뛰어나갑니다. 자진해서 만세를 부르고 인민군을 환영하면서 말이죠. 정말로 확신에 차서 뛰어나간 경우도 있었겠지만, 엉겁결에 혹은 어쩔 수 없이 목숨을 부지하려고 그런 사람도 적지 않았을 겁니다. 보도연맹이란 게 아시다시피 애매한 신분입니다. 북쪽의 입장에서 보자면 전향한 배신자들이고, 남쪽의 입장에서 보자면 겉으로야 전향했다고 하지만 속을 알 수 없는, 이른바 속 빨간 수박 같은 자들이기 때문이지요.

경찰 입장에서 보자면 그 연극은 결과적으로 보란 듯이 성공한 셈이겠지요. 좌익분자들이 제 발로 뛰어나와 스스로가 빨갱이라는 사실을 증명하도록 감쪽같이 속아 넘어가게 했으니까요. 그 기막힌 연극이 벌어진 이틀 후 경찰은 인민군에 밀려서 남쪽의 청산도로 급히 철수하게 됩니다. 철수작전 전날, 감금해 두었던 보도연맹원 250명을 끌어내서 경찰은 완도 선착장에서 배에 태우고 해가 저물어가는 바다로 나갑니다. 해병의 전함 한 척이 마산 쪽에서 여수를 거쳐 미리 연락을 받고 완도 앞바다에 대기 중이었는데, 그 상륙정 선상에서 기관총을 쏘아 그들을 모조리 학살하고 맙니다. 그리고 바다에 고스란히 수장된 시체들이 해류를 타고 인근 사방의 해역을 떠다니다가 여기저기 섬으로 밀려들어 오기 시작하지요. 어느 섬에 시체 몇 구가 떠밀려 왔다더라, 소문을 듣고 사방에서 가족을 찾는 사람들이 삼삼오오 무리를 지어 헤매고 다녔습니다. 고작 삼십 호 정도인 우리 마을에서도 그때 보도연맹 사건으로 두 사람이 불려 나갔습니다. 밭에서 일하다가 경찰이 읍에서 나오란다는 소식에 괭이자루 놔두고 나가서 영영 돌아오지 못했습니다. 끝내 시체도 찾지 못했지요.

전쟁괴 학살의
끝없는 기억

선생님께서 들려주신 나주부대 사건이 분단의 논리를 단적으로 보여준다는 생각이 듭니다. 분단은 극단적인 이분법의 논리로 남북을 '적 vs 아'로 나누었을 뿐만 아니라 그 사이(중도 혹은 중립)도 인정될 수 없게 만들었기 때문입니다. 분단의 논리는 이쪽 아니면 저쪽을 선택하게 하며, 자신과 다른 쪽은 '죽여도 되는 존재'로 만드는 폭력의 논리죠. 그래서 분단은 폭력으로 인한 상처를 필연적으로 낳을 수밖에 없었나 봅니다. 고향에 대한 선생님의 기억 역시 그러한 상처에 바탕하고 있는 것 같습니다.

저는 섬에서 태어나서 세 살 때부터 열 살 무렵까지 할아버지, 할머니 손에서 자랐어요. 부모님은 다른 형제들을 데리고 완도로 갔다가 다시 목포, 광주로 옮기셨죠. 어렸을 때는 전기가 없어서 밤에 호롱불을 켜놓고 할아버지나 할머니한테, 낮에는 동네 사람들에게서 이야기를 들었죠. 동네 사람들이 모이면 나오는 이야기가 대부분 전쟁에 관련된 것들이었어요. 휴전이 된 지 불과 몇 년 안 되었고, 고립된 섬마을이라 다른 특별한 일이 일어나지도 않았을 테니까요. 그만큼 기억할 메뉴가 단순한 곳이었어요. 동네 사람들은 계속해서 전쟁의 기억을 되새김질한 거죠.

그 얘기를 자주 듣고 자라다 보니까 어린아이 특유의 상상력이 더해지면서 눈앞에서 벌어진 일이라 생각하게 되었나 봅니다. 제가 꼭 겪은 것처럼, 본 것처럼 말이에요. 지금까지도 그런 느낌이지요. 할아버지 무릎에 누워서 어른들 이야기를 듣는데, 당시 어린 나이였는데도 그런 사건들이 너무나 말도 안 되게 부당하게 여겨지는 거예요. 세상에 그럴 수가 있나 하고.

민간인 학살은 전쟁이 지닌 또 한 편의 단면인데 의외로 사람들에게는 잘 알려져 있지 않습니다. 지워진 기억이고 역사죠. 이런 역사를 기억한다는 것은 단지 과거를 발굴하는 일이 아니라 현재에, 그리고 미래에 그토록 잔혹한 역사를 반복하지 않기 위한 노력이라는 생각이

듣니다. 하지만 일반적으로 민간인 학살은 기록이 많이 남아 있지 않아서 진상을 규명하는 데에도 힘이 든다고 하던데요.

초등학교 3학년 때 광주로 이사를 온 이후 한동안 고향에서 있었던 일을 잊고 지냈어요. 제가 청소년 시절을 꽤나 방황하면서 보냈어요. 병으로 오래 앓기도 했고요. 그러다 보니 대학을 진학할 때까지도 사회의식이랄 만한 것도 별로 없었고, 문화적으로 영향을 줄 만한 사람도 주변에는 없었죠. 그런데도 마음속으로는 전쟁이니 분단이니 하는 문제에 대한 남다른 관심과 생각이 은연중 자리 잡고 있었던 것 같아요.

나중에 작가가 되고 나선 나주부대 사건에 대해 꼭 한 번은 써보겠다고 마음을 먹었지요. 하지만 어디에도 기록이나 자료가 없어요. 그 엄청난 사건을 겪은 사람들은 많을 텐데, 불과 이삼십 년 전의 일이 이렇게 묻혀버릴 수 있나 싶어 놀랐지요. 그러던 차에 정말 우연이 아닌, 운명 같은 드라마틱한 일을 겪게 돼요. 저는 섬사람이다 보니 고향으로 돌아가고 싶다는 귀소본능이 무척 강한 편입니다. 30대 초반에 저하고는 직접적인 관계가 없는 보길도에 조그만 초가집을 하나 얻어 살기 시작했어요. 그곳에서 묘한 느낌을 주는 할아버지 한 분을 만나게 됩니다. 보통 시골 사람과는 다른, 뭔가 지식인 풍모의 인물이었어요. 한번은 그분에게서 저를 만나보고 싶다고 연락이 왔고, 그때부터 찾아다니며 여러 차례 만났지요. 그분은 해방 전까지 일본 중앙대학을 다니다가 경찰관으로 투신, 완도읍에서 근무하다 퇴직했다더군요. 나주 부대 사건에 대해 조심스레 물어봤더니, 처음에는 일절 모른 다고 피하시더라고요. 한동안 내게 놀러 오란 얘기도 없었는데, 어느 날 갑자기 다시 보자는 거예요. 제가 소설 쓰는 사람이란 걸 알면서도, 속마음을 아주 힘들게 열어 놓기 시작했습니다. 그때 일로 평생 가슴에 죄책감을 안고 살아가고 있다고 하셨죠.

당시 완도 경찰서 소속이던 그는 그 사건의 핵심을 알고 있는 목격자였습니다. 자신이 직접 배로 사람들을 나르는 일을 수행했다더군요. 차마 그 자리에서 죽일 줄은 상상도 못했다면서, 일단 실어다만 주면 어디든 데리고 가겠지 여겼다고 합니다. 그가 기억하는 인원은 250여 명으로 그들을 서너 차례 나눠 발동선으로 실어 인계해주고 마지막으로 돌아오는데, 기관총이 난사되더랍니다. 상륙정 갑판 후미 쪽에 한꺼번에 몰아놓고는 기관총으로 몰살한 것이지요. 그 이후 그분은 트라우마를 얻어 평생을 힘들게 살아왔다고 합니다. 죽은 이들 중엔 친구, 선후배 등 아는 사람들도 여럿 있었으니까요. 손을 벌벌 떨면서, 평생 죄책감 때문에 힘들었다고 고백하던 그분의 얼굴이 기억에 선합니다. 그로부터 자신의 삶은 엉망진창이 되었고, 마약에 의지할 정도로 인격적인 파탄자가 되었다는 얘기까지 했어요. 그 실화를 토대로 쓴 소설이 〈물그림자〉입니다.

부정할 수 없는 삶의 역사,
분단

**선생님 인터뷰를 준비하면서 이리저리 자료를 찾다가,
선생님 작품에는 아버지와 당숙의 영향이 크다는 사실을
알게 되었습니다. 아마도 가족사가 분단의 문제에
천착하게 된 주요 계기 중 하나인 듯한데 그 이야기를
들려주실 수 있는지요?**

그 얘긴 사실 이런 자리에서 꺼내기에는 퍽 조심스러운데요.
부친은 2대 독자여서 저희 친가 쪽에는 친척이 거의 없어요.
가장 가까운 핏줄이라곤 딱 한 분 당숙이 있었는데, 정작 저
는 스무 살이 넘을 때까지도 당숙의 존재조차 몰랐습니다.
해방 직후 그 섬에서 서울로 대학을 간 사람이 딱 세 분 있었
는데, 부친과 당숙 그리고 다른 한 분이었죠. 비슷한 연배인
세 분이 혜화동에서 자취하며 학교에 다녔다고 해요. 그러다
전쟁이 터지면서 이 세 사람의 운명이 완전히 달라집니다.
아버지와 당숙은 걸어서 고향으로 내려오고, 나머지 한 분은
서울에 남았다가 결국 행방불명이 되었죠.

　부친과 당숙은 당시 많은 대학생이 그랬듯이 좌익운동에
관심을 가졌다고 합니다. 그런데 인민군 점령하에서 부친이
보기에 현실은 자신이 생각했던 것과는 많이 다르더랍니다.
고향 사람들끼리 복수하고 모함하고 죽이고 하는 모습에 회
의를 느낀 부친은 혼자 피신해서 쫓기는 처지가 되었지요.

뒷산에 구덩이를 파고 숨었다가 다시 밤에 배를 타고, 이웃 섬으로 시집간 여동생의 집으로 숨었다고 해요. 인민군이 육지로 철수했다는 소식을 듣고 부친이 고향집으로 돌아오자마자 이번엔 경찰부대에 붙잡혔습니다. 당시 그렇게 붙잡힌 사람들은 소리 소문도 없이 즉각 처형되었다고 해요. 그런데 천운인지 당시 지역 내에선 대표적인 유지였던 제 외가 쪽에서 손을 쓴 덕분에 부친은 구사일생으로 목숨을 구했습니다.

우리 형제들은 그런 사실을 까맣게 모르고 자랐습니다. 제가 대학 2년 때 아주 우연한 계기에 부친으로부터 처음 그 내력을 듣게 되었죠. 공식적으로 연좌제가 폐지되었다고 하지만, 실제로는 삭제된 게 아니라 서류에 글자가 그대로 남아 있고, 다만 붉은색 펜으로 두 줄이 덧입혀져 있다는 사실도요. 그 사실을 처음으로 밝히시던 날, 부친이 우리 4형제만 따로 안방으로 불러들이시더군요. "이런 순간이 제발 안 오기를 바랐는데, 내가 너희들 앞날을 막는 거 같아서 정말 미안하다"라고 말할 때, 그 떨리는 음성과 질린 표정이 잊히지 않습니다. 그 순간엔 벼락이라도 맞은 것처럼 현실감도 없고 얼떨떨하기만 했지요. 사실 연좌제라는 것을 상상해본 적도 없고, 그게 소설 속 얘기거나 남의 일이라고만 생각했으니까요.

당숙은 당시 섬에서 청년단 활동을 계속하다 인민군을 따라 퇴각, 결국 지리산에서 체포되어 장기수로 복역 중이었는데, 부친은 우리에겐 그 이후까지도 그 사실을 내내 숨기셨어요. 80년대 중반 제가 첫 소설집을 낸 얼마 후, 할아버지 장례식 때 처음으로 당숙을 만났지요. 그때까진 당숙이란 존재 자체를 몰랐어요. 출소한 지 얼마 안 되셨다는데, 그 얼마 후 당숙은 암으로 타계하셨지요. 안타깝게도 전 그분과 말씀 한번 제대로 나눠보지 못했어요.

남북이 갈리고 휴전이 되었는데도 사람들의 삶 속에서는 분단과 전쟁이 지속되는 것 같습니다. 시간적으로는 지나간 일이라고 할 수 있지만 연좌제나 간첩 사건 같은 경우를 보면 과거는 현재의 삶 속에서 반복되는 듯합니다. 선생님의 가족사를 보더라도 그렇고요.

아무래도 저로서는 분단 현실이라는 문제가 남의 이야기가 아니라는 생각을 가질 수밖에 없었습니다. 굳이 가족사까지 끌어내지 않더라도 (사실 그런 정도의 사연은 주변에 많이 있을 거예요.) 제가 지금껏 주변에서 보고 듣고 느껴온 것들이 그만큼 구체적이고 절실한 느낌으로 다가왔기 때문이 아닐까 싶네요. 이따금 주변에서 나더러 왜 역사적인 사건, 그러니까 분단, 전쟁, 5·18 같은 것에 집착하듯이 계속해 쓰느냐고 말해요. 저는 이렇게 얘기하죠. 당신들은 그걸 손쉽게도 과거니 역사라고 말하지만, 나는 그 사건들에 죄 없이 휘말려 부서지고 훼손된 사람들, 그리고 그들의 생에 대해 얘기하려는 것이라고요.

저는 54년에 태어나서 전후의 궁핍한 삶을 경험했고, 박정희 시대와 5·18도 겪었습니다. 그것들은 엄연한 제 삶의 일부분이고, 그중 어떤 부분도 따로 떼어놓은 채 제 몫의 생이랄까 존재 자체를 얘기할 수는 없는 일이지요. 가령 5·18은 수십 년 전의 과거 한 지점에 한정된 역사적 사건이지만, 아직 이 땅에 살아가는 한 인간의 생애를 놓고 보면 그건 과거가 아니라 여전히 계속되고 있는 현실의, 현재 진행형의 사건인 것입니다. 우리 자신에게서 십 년 전의 나, 삼십 년 전의 나를 어떻게 분리해낼 수 있나요? 살아온 그 모든 시간의 경험과 기억과 감정의 원소들 혹은 단층들이 '나'라는 존재를 고스란히 구성하고, 앞으로의 삶에도 어떻게든 영향을 끼칠 터인데 말이에요. 그런 의미에서 보자면, 모든 개인은 필연적으로 역사적 존재이기도 하겠지요.

1,000명이 증언한
3일의 기억

그래서 문학은 사람들이 지닌 아픔과 상처의 질감을 생생하게 보여주는 또 하나의 역사라고 생각합니다. 광주 5·18은 선생님께서 가장 집중하시는 역사겠지요. 많은 작품이 있지만 장편소설 〈봄날〉에 대해 묻고 싶습니다. 〈봄날〉은 당시의 상황을 그 어느 역사서보다 더 구체적이고 입체적으로 그렸다는 평을 받았는데 작품을

쓰시기까지의 과정을 듣고 싶습니다.

비유하자면, 제게 5·18은 생애 전체를 결정지어버린 운명의 강 같은 것이라고나 할까요. 그 강을 건너기 전과 이후의 '나'라는 존재는 완전히 다른 것이 되어버렸으니까요. 이전까지 5월 소재로 중·단편들을 써왔지만, 본격적으로 장편을 쓰겠다고 나선 때가 86년쯤이었지요. 소설의 전편에 해당하는 〈불의 얼굴〉 한 권 분량을 완성하고 나자, 갑자기 벽에 부딪혀 도저히 더 나갈 수가 없었습니다. 자료 때문이었지요. 당시까지 시민 쪽의 입장은 꽤 많이 나와 있었지만 (당시 송기숙 선생과 전남대 5·18연구소가 수년의 노고 끝에 1,000여 명의 증언을 채집 수록한 책 《5·18 광주민중항쟁증언록》이 대표적이다. 그 외 수많은 보도자료, 증언록 들이 나와 있었다.) 반면에 군의 자료는 아예 전무했으니까요. 사실 군 자료가 있어야 5·18에 대해서 제대로 쓸 수 있었어요. 시민 쪽의 입장만을 대변하듯이 쓰면 결코 실체를 알 수 없게 되고, 양측 전체를 한데 놓고 입체적으로 봐야 한다는 판단 때문이었지요.

문제는 5월 18~20일 3일 동안의 기록이 어디에도 없는 거예요. 도청에서 계엄군이 철수하고 시민이 도청을 접수하기 직전까지의 시간 말입니다. 그 전부터도 저는 관련 자료를 5·18이 일어나기 전의 기사부터 열심히 다 모았어요. 5·18 당시 제가 메모해 둔 기록을 포함, 수많은 자료를 수집해가면서 일일이 카드 작업을 계속해나갔지요. 인물별, 시간별, 장소별, 사건별 이런 식으로 분류하는 작업만도 이삼 년이 걸렸습니다.

　　그렇지만 공수부대나 육군 쪽 자료가 전혀 없으니까 막막하기만 했습니다. 시민 측의 입장에만 의지해서 쓴다면 진실의 반쪽밖에 드러내지 못하리라는 생각, 한마디로 저는 5·18을 제대로 복원하겠다는, 그야말로 얼토당토않게 불가능한 욕심을 품은 거지요. 하지만 그래야만 했습니다. 그런 말도 안 되는 욕심이 없이는 애당초 5월 전체를 소설로 담는다는 일이 가당키나 하겠습니까. 그런데 마침내 청문회가 열리고, 그와 함께 계엄군 쪽의 자료들이 쏟아져 나오기 시작했지요. 군의 입장에서 쓴 것이지만, 최소한 작전일지 같은 문서는 쉽게 조작할 수가 없습니다. 병력이 몇 시에 어디로 출동했고, 병력 규모가 얼마였다 하는 기록은 조작이 불가능할 테니까요. 이런 자료들을 하나하나 맞춰 가보니까, 마침내 시민 쪽 자료에선 비어 있던 부분들, 말하자면 백돌만 있던 바둑판에서 흑돌이 하나하나 채워지기 시작한 겁니다.

　　제가 광주에서 30년 가까이 살았어요. 공간 기억력도 남다르게 좋은 편이라 시내의 건물, 골목, 가게 하나하나까지도 상세하게 기억합니다. 또 상황의 대부분이 시내 중심가에서 일어났기 때문에 그만큼 세밀하고 정교한 톱니바퀴까지 맞춰낼 수가 있었지요. 가령 출동한 소대가 몇 분경 여기에 왔고, 부대가 두 개로 나뉘어서 한 부대는 어디로 갔고 나머지는 어디로 갔는지, 또 거기선 어떤 상황이 벌어지는지. 때로는 분 단위까지 한눈에 들여다보이는 느낌이었습니다. 그렇게 해서 발발 후 처음 3일 동안의 전반적인 상황이 상당히 입체적으로 드러나게 됩니다. 그렇게 되기까지 거의 편집증 환자처럼 매달릴 수밖에 없었지요.

저로서는 애초부터 그 처음 3일 동안을 제대로 잡아내느냐에 소설 전체의 성패가 달려있다고 믿었습니다. 실제로 공수부대가 시 외곽으로 퇴각하고 시민이 도청을 접수한 21일 이후의 일들은 거의 완벽하게 자료나 기록이 나와 있습니다. 그때부터 시내에선 큰 충돌이 없고, 외곽에서는 산발적인 충돌과 군의 양민학살 등이 수차례 벌어집니다만, 그것들은 대부분 시민 쪽 자료로 나와 있거든요.

소설이 완긴된 후 어느 날 저녁, 뜻밖에 광주에서 송기숙 선생님이 전화를 주셨습니다. 무슨 말을 하실까 잔뜩 긴장했는데 "어이, 철우 자네가 아주 큰일을 해냈네. 우리가 지난 몇 년 동안 많은 인원을 동원해 조사했음에도 그 초반 3일을 제대로 정리해내지 못했는데, 결국 그걸 자네가 해냈구먼"이라고 하셨죠. 그야말로 제가 지금껏 받은 칭찬 중에 가장 감격스럽고 가슴 벅찬 칭찬이었습니다.

수많은 증언과 청문회에 제출된 군 자료를 취합하고 종합하여 집중적으로 밝혀내신 부분이 초반 3일이라는 말씀이시죠? 잘 알려지지 않았다는 이유 외에 그 3일에 집중하신 또 다른 중요한 이유가 있나요?

제가 쓴 소설을 보시면 알겠지만 분량으로 원고지 8,000매

가 넘는데, 소설의 절반 정도가 그 초반 3일에 집중되어 있어
요. 5·18의 진실을 규명할 핵심적인 열쇠가 바로 거기 있다
는 판단 때문이지요. 흔히들 5월을 얘기할 때, 직접 겪지 못
한 타 지역 사람들이 던지는 의심과 불신에 찬 시선들이 있
었습니다. 〈봄날〉을 쓸 무렵만 해도 간첩, 용공분자, 양아치
들의 폭동이라고 믿는 국민이 다수였지요. 설사 그런 조작된
보도를 안 믿는 이들조차도 은연중 이런 의혹과 의심은 일
반적이었습니다. 아니, 그 무서운 공수부대를 상대로 도대체
맨손의 일반 시민들이 어떻게 그런 처절한 싸움을 벌인단 말
인가. 지나친 과장이거나 왜곡이 아닌가. 그런 의심 말입니
다.

　사실 그런 의심조차 일견 당연한 게 그만큼 5·18 열흘간
의 상황 자체가 엄청나고 상상하기조차 어려운 것이었으니
까요. 지금이야 명확히 밝혀진 사실이지만 바로 얼마 전까지
만 해도 5월은 불길하고 의혹투성이의 거대한 '유언비어'였
지 않습니까. 그 초반 3일, 바로 거기에 5·18의 핵심, 5월의
정신이 존재한다고 저는 믿었지요. 그래서 최초의 작은 불씨
가 점차 거대한 들불로, 마침내 거대한 화산 폭발로 발전해
가는 그 드라마틱한 과정, 그것을 복원해내는 데 혼신의 힘
을 쏟아부었어요.

**광주 5·18은 신군부 세력이 국가권력을 장악하고
민주화에 대한 대중의 열망을 억압하는 과정에서 발생한**

시대의 비극이라고 할 수 있습니다. 더욱이 신군부는 이 과정에서 북한 남침설을 공공연하게 유포하는 등 분단의 논리를 적극적으로 활용하면서 그토록 무자비하게 광주를 진압했습니다. 그래서 5·18 역시 분단이 낳은 문제라고 말해야 할 것 같습니다.

자그마치 사십 년 가까이 지난 오늘까지도 좌빨이니 종북이니 색깔론이니 하는 기괴하고 황당한 말들이 횡행하는 게 한국의 현실 아닙니까. 누군가의 말처럼, 달걀 껍데기가 상해 있다면 그 안의 알도 당연히 썩을 수밖에 없겠지요. 저는 우리가 바로 분단, 휴전선이라는 껍데기에 갇힌 알이나 마찬가지라고 생각합니다. 그 안에서 이루어지는 사회와 개인의 삶 또한 과연 온전할 수 있겠습니까. 지금까지 한국은 독재자가 태어나기엔 최고의 조건을 갖춘 나라가 아니었을까 싶습니다. 비판세력의 이마에 일단 빨강 페인트만 죽죽 그어놓으면 대번에 상황 끝이니까요. 5·18도 그 대표적 예입니다만, 북한 간첩들의 선동으로 일어난 불순한 폭동이라는 조작된 보도에 세뇌되어 꽤 오랫동안 국민 대다수가 등을 돌렸던 게 사실입니다. 과연 그게 이제는 과거의 일입니까? 이 순간까지도 보수정당에선 여전히 폭동이라 매도하고, 일부 지역 주민들 역시 상당수가 여전히 그렇게 믿고 있는 게 현실입니다.

아시다시피 분단은 오랜 시간 동안 우리 사회와 개인들의 삶 전반을 옥죄는 거대한 굴레로 작용해왔다고 말할 수 있겠지요. 정작 전혀 무관해 보이는 일상의 소소한 문제들조차도 사실은 그것과 어떻게든 이어져 있곤 하니까요. 분단 현실의 폐해 가운데서도, 저는 우리 내면의 사고와 감각까지 두 쪽으로 분열시켜버렸다는 게 무엇보다 가장 무서운 폐해라고 생각해요. 어찌 보면 우리 전체가 일종의 집단 분열증을 앓고 있는 환자인지도 모르지요. 무려 칠십 년 넘게 우리는 그렇게 살아오고 있지 않습니까.

죽은 자에 대한 애도,
살아남은 자에 대한 애도

〈백년여관〉 초입에, 사람들에게서 5월이 지겹다는 말을 많이 듣는데 그것을 놓을 수 없다고 쓰셨더라고요. 5월은 과거의 사건이라기보다 여전히 현재로 남아 있는 상처이기 때문에 그러시겠지요. 선생님 소설에서는 주로 산 자와 죽은 자가 섞여 있습니다. 그리고 끊임없이 죽은 자를 망각하지 않고 기억의 영역에서 살려내려고 하십니다.

저는 사람들의 표정이나 말, 그 사람하고 나눴던 이야기, 어떤 느낌, 교감한 것들을 비교적 잘 기억하는 편이에요. 대개 작가들이 그런다고 하거든요. 그래서인지 저를 거쳐 간, 제 기억 속의 사람들을 꽤 생생하게 기억해요. 그 사람이 웃고,

말하고, 저한테 지은 표정, 그 순간의 내 느낌, 그런 것들 말입니다. 때로는 죽은 사람들조차도 여전히 함께 있다는 생각이 들기도 하는데, 그건 어쩌면 죄의식과 관계가 있을지도 모릅니다.

예를 들면, 5·18 때 내 주변에 친구, 선배 같이 돌아가신 분들이 있어요. 그 이후에 신체적·정신적 후유증으로 고통을 받다 돌아가신 분들도 있고요. 그들과 함께했던 기억은 여전히 생생한데, 그들은 죽었고 저는 살아 있어요. 죽은 이들이지만, 내겐 너무나 특별한 존재입니다. 어떠한 형식으로든지 그들이 제 삶에 들어와 버렸고, 앞으로의 내 삶에도 영향을 끼칠 수밖에 없으니까요. 물론 반드시 그 사람들에 대한 죄의식, 분노, 슬픔, 절망 등만이 저를 구성하는 것은 아니겠지요. 하지만 그런 것들을 빼버린다면 더 이상 지금의 저 또한 존재하지 않겠지요. 뭐랄까, 기억 안에서는 나와 그들이 온전히 분리될 수가 없지요. 그들과 나눈 시간들, 내가 살아온 시간들, 그 모두가 나라고 하는 내면의 존재를 구성하고 있는 것이니까요. 기억 안에서 그들과 나는 자연스럽게 '우리' 혹은 또 다른 '나'로 태어나고, 앞으로도 계속 살아갈 것입니다. 그런 의미에서, 내가 이 순간 쓰고 있는 이야기는 '나'의 것이면서 동시에 '그들'의 것이기도 하겠지요.

비극의 역사 속에서 죽은 자들을 자신의 역사로
기억한다는 것은 상처를 망각하지 않고 오히려 견디며

끌어안고 살아간다는 의미일 것입니다. 단적으로 말하자면 선생님께서는 부단히 '기억해야 한다' 혹은 '기억할 수밖에 없다'고 말씀하십니다. 사실 상처를 망각하거나 극복한다는 것은 그 자체로 불가능하다는 점에서, 상처의 치유는 그 기억 속에서 길을 찾을 수밖에 없다고 생각합니다. 그런데 〈백년여관〉을 보면 진혼제 같은 푸닥거리를 하는 장면이 나오는데, 이는 '해원'을 통해 죽은 자의 원한을 풀어주고 상처를 씻으려는 행위라는 점에서 기억보다는 망각을 주문하고 있다는 오해가 생길 수 있습니다.

만약 그런 오해가 생겼다면, 그건 '해원'의 주체와 대상을 잘못 해석한 탓입니다. 실제로 혹자는 이 소설의 주제를 화해라고 잘못 읽기도 하더군요. 천만에요. 이 소설은 그런 거짓 화해에 대한 완강한 거부를 말합니다. 아시다시피 '화해'는 가해자와 피해자 쌍방을 대상으로, 그 상호 간에 이루어지는 것입니다. 그런데 이 소설에선 가해자는 (과거, 혹은 과거의 기억 속에만 존재할 뿐) 현실에서는 존재하지 않습니다. 등장인물들은 모두 피해자들입니다. 여전히 현실에서 살아가야만 하는, 원혼들의 남겨진 자식들, 친구 등 상처를 안은 사람들 말입니다.

저는 독자들이 이 작품의 주제를 해원이 아닌, '위로' 혹은 '애도'로 읽어주길 바랍니다. 왜냐면 '해원'의 양쪽 당사자는 가해자/피해자(원혼)인 반면, 여기서는 피해자(원혼)/피해자(그들의 자손, 친지) 간의 문제이기 때문입니다. 표면적으로는 무당의 제의를 빌려 원혼의 '해원'을 소망하고 있긴 하나, 그 소망의 주체는 가해자나 제3자가 아니라 정작 피해 당사자인 '원혼들'입니다. 사랑하는 자식들의 고통스런 생을 향해 원혼들이 내미는 통절한 위로의 손길이라고나 할까요.

"잊지 마. 결코 망각해서는 안 돼. 그렇지만 그 슬픔과 분노로 인해 더 이상 네 영혼을 피 흘리게 하지는 마. 이 추악하고 잔혹한 세상에서 끝까지, 어떻게든 살아남아야 해……."

때문에 영혼들은 그렇듯 사랑하는 자식들을 향해 안타까운 속삭임을 남기는 것이지요. 사실 죽은 이들과 살아남은 자들은 이미 하나입니다. 고통 속에서, 공유한 기억을 통해서, 죽은 이는 산 자의 내면에서 함께 살아가고 있기 때문이지요. 이 소설의 주요 인물들은 저마다 국가폭력으로 인생 자체가 훼손된 사람들입니다. 소설의 초점은 (과거의 폭력에 의해 희생된 당사자들-'원혼들'이 아닌) 살아남은 자들에게 맞춰져 있습니다. 그들의 고통은 여전히 진행형이고, 그러므로 폭력은 완결된 과거의 역사적 사건이 아닌 현실로 존재하고 있기 때문이지요.

그들에게 우리가 (혹은 원혼들이) 해줄 수 있는 것은 무엇일까요. 진정으로 위로하고 공감해주는 일, 그래서 그들의 고통을 함께 나눠 안고자 하는 노력, 그것 말고는 달리 없지 않을까요. 이 소설이 저는 '고통받는 이들을 위한 위로, 혹은 애도'가 되기를 바랍니다. 이는 어쩌면 샤먼의 굿과도 상통할

지도 모르겠네요. 진정한 위로는 마음의 치유, 영혼의 치유를 위한 바람이겠지요. 어차피 완전한 해결이니 해원이니 따위 불가능하겠지만, 살아남은 자들이 차마 미쳐버리지 않도록, 어떻게든 생을 포기하지 않고 이 추악한 세상에서 살아갈 힘을 포기하지 않도록 부축해주는 것이야말로 샤먼의 역할일 테니까요. 제가 생각하는 문학의 역할 또한 그런 것입니다.

생존자의 무게,
죄의식

그럼 선생님께 소설은 애도이면서 공감과 위로의 과정이라고 정리해도 되겠습니다. 끝으로 선생님의 소설은 선생님 스스로에게 무엇인지 묻고 싶습니다. 5·18을 직접 경험한 사람으로서 그 고통의 기억들을 끄집어내어 다시 소설로 쓰는 일은 선생님이 살아왔고 살아가고 있으며 살아갈 삶에 어떤 의미인지 묻고 싶습니다.

그 물음에 대한 답은 앞에서 이미 충분히 말씀드린 것 같습니다만, 간단히 몇 마디 부연하자면, 한 개인으로서나 작가로서나 저에게 5월은 이미 운명 같은 것이 된 셈입니다. 그 열흘을 통과했을 때, 내 안에서는 모든 것이 죽었고 또 모든 것이 새로 다시 태어났습니다. 절망과 희망, 저주와 기도, 악마와 천사, 그 모두가 내 안에서 죽고 또 태어났지요. 제게 5월은 세상과 인간을 향해 열려있는 하나의 투명한 창이고, 견고한 문입니다. 그 창을 통해 세상과 인간을 보는 눈을 비로소 배웠고, 그 문을 힘겹게 밀어 열고서야 비로소 사람들의 세상으로 한 걸음씩 나올 수 있었으니까요.

저를 지금껏 작가로 살아오도록 혹독하게 채찍질해온 존재도 5월이었고, 제 일상의 생을 내내 일일이 꾸짖고 감시하고 이끌어온 초자아 같은 존재 또한 다름 아닌 5월이었습니다. 빚을 지고 있다는, 평생토록 벗을 수 없는 거대한 빚을 졌다는 생각에서 지금도 벗어날 수가 없어요. 저는 기억합니다. 그날 죽어간 이들, 살아남은 이들, 또 이름 모를 수많은 사람들, 그들 모두 제 기억 속에, 저와 함께 살아 있습니다. 제 앞에 남은 생 또한 그러하겠지요. 아마도 기력이 허락할 때까지 그들의 이야기를, 기억들을 보듬어 안고 살아갈 테고, 그러면서도 뭔가를 앞으로도 계속 써나가겠지요. 그게 저한테 주어진 나름의 몫이라고 생각하니까요.

망각이 아닌 기억으로서 치유

작가는 한반도의 분단과 전쟁 그리고 광주 5·18에 대해 말할 수밖에 없는 조건에서 태어났다고 말한다. 완도에서 태어난 그는 해방 이후 그곳에서 벌어진 비극적인 사건들을 동네 어르신들에게서 들으며 자랐다. 어린 시절이었지만 너무나도 기가 막힌 참상이 아닐 수 없었다. 어느새 그 이야기는 그에게 체화되어 자신과 무관하지 않은 생생한 역사가 되었다. 하지만 그가 성장하여 학교에 다니면서 배우는 역사는 너무 달랐고, 분명 사람들이 겪은 사건이지만 기록되어 있지 않았다. 그가 소설을 쓰게 된 계기는 바로 여기에 있다. 글을 쓰는 것이 필연적인 운명이라고 말하는 그는 말하고 싶어도 말할 수 없었던 상처의 역사를 소설로 다시 쓰고자 한 것이다.

그는 그 대표적인 예로 인터뷰의 전반부에서 '완도 나주 부대 사건'을 들려준다. 이 사건은 한국전쟁 당시 완도 지역에서 예비검속이라는 명목하에 군경이 자행한 민간인 학살 사건이다. 하지만 이러한 사건은 기억되지도 않으며, 진상규명은 여전히 제대로 이루어지지 않고 있다. 작가가 소설을 통해 무엇보다 대결하고자 하는 것이 바로 '망각'이다. 왜냐하면 마음의 상처는 지워질 수 있는 것이 아니고, 잊으려고 한다고 해서 잊을 수 있는 것이 아닐뿐더러, 기억하지 않으면 결코 역사의 정의를 바로 세울 수 없기 때문이다.

광주 5·18 역시 그에게 그러하다. 5월의 광주를 직접 겪은 그에게 그 역사는 결코 망각될 수 없을뿐더러 그의 몸에 각인되어 현재의 그를 이루고 있는 부분이다. 그래서 그는 광주를 이야기하는 것이 지겹다고 말하는 사람들을 향해 '어느 누가 자신을 이루고 있는 삶의 일부분을 떼어낼 수 있는가'라고 되묻는다. 전쟁과 5월 광주가 비록 상처이지만 그것을 잊으라 하는 것은 그의 삶을 부정하라는 말과 같다.

작가는 자신에게 주어진 삶의 과제가 바로 5월 광주를 세상에 알리는 일이리고 말한다. 특히 〈봄날〉은 지금까지 제대로 알려지지 않은 5월 18~20일 3일 동안을 재구성하려는 목적에서 집필되었다. 작가의 상상만으로 재구성된 것은 아니다. 그는 자료를 구하기 위해 백방으로 뛰어다녔고, 민간인 증언 자료만이 아니라 청문회 자료 등을 비교 대조하면서 비로소 베일에 싸여 있던 3일을 드러냈다. 하지만 작가가 초반 3일에 집중한 이유는 단지 역사의 재구성에만 있지 않다. 그는 초반 3일을 통해 어떻게 당시의 광주 시민들이 죽음을 무릅쓰고 싸웠는지 이야기하고자 했다. 그가 보기에 그들은 결코 특별한 사람들이 아니라 자신들을 빨갱이, 좌익 등의 이름으로 낙인찍고 학살을 자행한 공수부대에 맞서 이웃을 살리기 위해 몸을 던진 보통 사람들이었다. 그가 보기에 광주 5·18 역시 분단이 낳은 비극이었다.

　그런데도 오늘날 어떤 사람들은 광주 5·18이 북에서 내려온 간첩들의 선동으로 일어난 사건이라고 말하는 등, 그것이 국가폭력이 자행한 사건이었음을 부인하기도 한다. 광주 5·18이 발생한 지 40년이 다 되어가지만 분단의 논리는 아직도 그때처럼 그들을 빨갱이, 좌익으로 분류한다. 분단은 지속되고 있으며, 상처는 치유되기는커녕 반복되거나 더 깊어져 가고 있다. 그래서 오늘날 비극의 역사를 기억한다는 것은 분단의 논리를 넘어 상처를 치유할 가능성을 연다는 의미를 지닌다. 치유는 결코 상처의 망각이 아니라 기억에서 출발하며, 사회적 공감을 통해 위로하면서 상처를 견딜 수 있게 하는 것이다.

5

작가는 1958년 강원도 강릉에서 출생해서 청년 시절까지 고향에서 살았다. 한국전쟁이 끝난 후 태어났지만 전쟁 때 일어난 일들을 옛이야기처럼 들으며 자랐다. 그런데 학교에서 배우는 전쟁의 이야기는 사뭇 달랐다. 가족들과 마을 사람들이 겪은 일들을 글로 써서 남겨야겠다는 생각이 언젠가부터 작가의 마음속에 자리 잡았다.

작가는 1985년 『강원일보』 신춘문예에 〈소〉가 당선되고 1988년 『문학사상』에 〈낮달〉을 발표하며 등단하여 초기에는 현실을 비판하는 작품들을 다수 썼다. 현대 자본주의의 병폐를 고발하는 작품 〈압구정동엔 비상구가 없다〉(1992)를 발표하여 사회에 큰 반향을 일으켰다. 사회 현실뿐 아니라 인간의 내면에 대한 성찰을 바탕으로 남녀의 사랑과 가족애를 주제로 한 작품도 발표하여 대중적인 사랑을 받았다. 〈수색 그 물빛 무늬〉(1996)를 시작으로 몇 년에 걸쳐 가족의 이야기를 보여준 '수색' 시리즈가 있으며, 중년 남녀의 운명적 만남을 다룬 소설 〈은비령〉(1996)이 있다. 〈은비령〉은 TV 드라마로 제작되어, 소설 속 가상의 공간이었던 은비령이 실제 지명을 얻고 관광명소가 되기도 했다. 이 외에도 군대의 문제, 광주 민주항쟁, 이산가족, 수복지구 등 사회문제를 다룬 작품을 쉼 없이 발표하였다. 이렇듯 다양한 주제를 다루는 작가를 장정일 작가는 '전방위 작가'라 칭하였다.

작가는 다양한 작품 세계를 보여주면서도, 한국전쟁을 겪으면서 '말할 수 없는 이야기들'을 간직한 사람들의 아픔을 잊은 적이 없었다. 특히 강릉과 인접한 수복지구 양양은 전쟁 전에 북한의 '인민'이었다는 이유로 남한에서는 국민으로 인정받지 못했다. 〈그대, 양진을 아는가〉(1990), 〈잊어버린 시간〉(2015)은 바로 양양 지역의 아픈 역사를 보여주는 작품이다. 두 작품은 25년이라는 시간 차이가 무색하게도 분단이 남긴 상처를 고스란히 담고 있었다. 수복지구에서 살아온 사람들의 말 못 할 아픔을 기록으로 꼭 남겨야겠다는 사명감으로 작가는 이 작품들을 써 내려갔다. 분단이 가져온 상처를 외면하지 않고 현재화하기를 멈추지 않기에 그는 분단작가의 대열에 올라 있는 것이다.

작가는 앞으로도 역사에서 삭제된 사람들의 이야기를 외면하지 않고 기록으로 남기고 싶다고 했다. 또한 통일 시대를 만들어나가기 위해 다각도로 노력하겠다는 의지를 다지고 있다.

잊힌 역사, 잊어버린 시간

이순원

작품 속 지명이
실제 지명으로

선생님께서는 '전방위 작가'라고 불리십니다. 작품의 장르가 굉장히 다양합니다. 서정적인 사랑 이야기부터 한국의 자본주의 문제와 역사적인 문제─5·18과 분단의 문제─도 다루셨는데, 이 인터뷰 주제가 분단과 관련되다 보니 분단 문학을 중심으로 질문을 드리려 합니다. 선생님의 대표작으로 손꼽히는 소설은 〈은비령〉이 아닐까 합니다. 그 작품에 대한 이야기를 먼저 해주시지요.

한 중년 남자와 중년 여자의 사랑 이야기를 다룬 작품이에요. 공교롭게도 여자 주인공은 남자 주인공 친구의 아내였지요. 두 사람이 사랑하지 못할 이유가 없는데 우리 사회에서는 아직 그런 관계를 꺼리는 경향이 있잖아요. 그래서 운명처럼 은비령이라는 곳에서 만난 두 사람 이야기를 해보았지요.

은비령은 사실 없던 지명입니다. 양양 한계령을 넘어갈 때 보면 가파른 고개가 하나 보여요. 저긴 어디일까, 늘 궁금했지요. 작품을 쓰면서 실제 가보지는 않았어요. 상상으로 그 공간을 만들어나갔죠. 그런데 독자들이 실제 지명인 줄 알고 그 마을을 찾아가기 시작했어요. 제가 만든 지명이니까 지도에도 당연히 없었는데 한계령에 올라가서 작품에 묘사

된 대로 찾아간 거예요. 독자들이 찾은 마을은 아주 가난한 산골 마을이었어요. 화장실도 변변히 없어서 남자들은 녹십자에서 만든 오줌통을 놓고 소변을 보고, 여자들은 그럴 수 없으니 간이 화장실을 만들어서 쓰던 동네였대요.

그 작품이 드라마로 만들어져서 인기를 많이 끌었어요. 윤석호 PD가 제 친구인데 아주 잘 만들었죠. 사람들이 드라마에서 본 곳을 찾아가 보고 싶은 마음이 있잖아요. 여성 독자들이 땀을 뻘뻘 흘리면서 그 동네에 찾아가서 "여기가 은비령인가요?" 하고 할머니들한테 물으니 당연히 할머니들은 아니라고 했지요. 그런데 오히려 독자들이 여기가 은비령이 맞다고 한 거예요. (웃음) 한두 사람도 아니고 수많은 사람들이 찾아와 '은비령'이라고 하니 고만 그곳이 은비령이 되었죠. 지금은 은비령이라는 간판도 생기고 펜션도 생기고, 내비게이션에 은비령을 치면 그곳에 데려다줘요. 우리 어머니는 아들이 잘 써서 길 이름이 만들어진 줄 아시는데 다 극성스러운 독자들이 만들었어요. 작품의 지명이 실제 지명을 밀어낸 경우는 세계에서 유일할 겁니다. 일본이나 독일, 프랑스에 가서 그 얘기를 하면 다들 놀라요. 제가 잘 써서가 아니라 기막히게 운이 좋았지요.

소를 징발한 사람들은
국군

선생님께서 〈낮달〉로 등단하셨지요? 그때는 은행을 다니다가 얼마 후 작가로 전업해서 20년 정도 되셨다고 들었습니다. 분단국가 문제를 다룬 작품은 1990년대부터 나온 걸로 압니다.

제가 1988년 〈낮달〉로 등단했다고 알려져 있는데, 사실은 그에 앞서 1985년 지방지 『강원일보』를 통해 등단했습니다. 그때 당선 작품이 〈소〉라는 단편소설인데 지금 생각하니 그게 분단 문학입니다. 〈소〉는 6·25 전쟁 초기를 배경으로 하는데, 제가 1958년생이니까 직접 체험은 아니고 저희 할아버지와 동네 이야기입니다. 저는 초등학교 때 반공 교육을 받았는데, 전쟁 때 북한군이 노략질을 주로 했다고 들었습니다. 소설에서는 인민군이 소를 징발한 것처럼 썼지만, 실제로 소를 징발한 사람들은 국군이었습니다.

1·4 후퇴 때 월정사와 상원사를 비롯해 오대산에 있던 절이 다 불타버렸는데 사실은 국군이 태운 겁니다. 북한군과 중공군이 거기를 거점으로 사용할까 봐서요. 거기에 문화재들이 있는데도 다 태워버렸습니다. 지금 월정사에 있는 9층 석탑도 불에 탔는데 불이 워낙 세다 보니 돌이 전부 골병 들었습니다. 상원사에는 동종과 목조로 만든 문수동자 좌상, 세조가 중창권선문을 한문으로 쓴 것을 훈민정음으로 번역

한 것도 있었는데 사진도 안 남아 있는 사료를 죄다 불태워 버렸습니다.

그런 맥락으로 국군이 이 마을에 들어와서 물자를 실어 나르려고 소를 징발한 겁니다. 우리 집 소도 끌고 갔는데, 할아버지가 기어이 소를 찾아왔어요. 우리 소는 이 마을의 논을 다 갈아야 한다고 하시면서요. 그러니까 국군이 우리 소 대신에 아랫집 소를 가져갔어요. 가져가면서 사실 난감하니까 이 집 소를 두 집 소로 치라고 했습니다. 부대장한테도 그렇게 하도록 약속도 했습니다. 하지만 전쟁이 끝나면 이건 아무 약속이 아닌 거죠. (웃음) 그러니까 아랫집 할아버지는 이게 너무 섭섭해서 '소 한 마리를 찾아라' 하고 유언으로까지 남기셨답니다.

이런 어릴 적의 이야기들을 사람들은 재미 삼아 듣고 말지만, 난리를 겪으면서 '징발된 소'에 대한 이야기, 소를 찾으라고 한 할아버지의 이야기를 〈소〉에서 썼습니다. 그게 제 등단 작품이면서 분단 문학의 시작이 아닐까 합니다. 그 후에 〈압구정동엔 비상구가 없다〉 같은 한국 자본주의 문제에 대한 소설도 쓰고, 광주 문제와 노인 문제에 대한 소설도 쓰고 했죠.

제가 다루는 작품의 주제가 다양하니까 장정일 작가가 '전방위 작가'라고 붙인 겁니다. 장정일 씨가 제 창작집을 보고서 자신의 일기에 "어떻게 한 작가의 작품집 안에 이렇게 많은 분야에 걸쳐 문제의식을 드러낼 수 있는가, 대부분의 작가는 분단 문제나 사회문제나 운동권 문제 등 하나에 초점을 맞춰 쓰곤 하는데 어떻게 이렇게 다양할 수 있는가"라고 썼대요. 그때부터 '전방위 작가'라는 말을 듣게 됐습니다.

양진의 기차역과
잊힌 역사

1990년에는 〈그대, 양진을 아는가〉를, 최근에는 〈잃어버린 시간〉을 발표하셨습니다. 두 작품 모두 양진을 배경으로 분단국가의 문제를 다루고 있는데요, 양진은 어떤 곳인지요?

〈그대, 양진을 아는가〉는 중편으로 발표되었는데 사실은 〈우리들의 석기시대〉라는 장편소설 안에 쓴 작품으로, 1977학번 학생의 이야기입니다. 박정희 대통령이 죽고 난 뒤 그 무렵의 학생운동에 관한 이야기를 쓴 건데 그 주인공의 고향이 양진이었죠. 그때의 양진은 지금 강원도 양양군입니다. 양양이라는 곳이 어떤 곳인지 알아야 이 작품을 잘 볼 수 있을 겁니다.

양양에 기차역이 생긴 시기가 1937년입니다. 양양과 원산을 잇는 철도였어요. 굉장히 일찍이죠. 강릉의 철도는 1960년대에, 양양보다 거의 30년 정도 뒤에 만들어진 거죠. 양양에 기차역이 생긴 이유는 일제강점기 때 벌목과 연관이 있습니다. 1910년부터 관서 지방과 평안도, 함경도의 나무를 싹 잡아버립니다. 지금도 헐벗은 산이 있지요. 북한이 나무를 잡은 것이 아니라 일제시대에 이미 잡은 거예요. 그때 나무를 다 잡아 헐벗은 것을 60~70년대에 녹화 사업을 한 거죠. 우리가 생각하기에는 북한에 나무가 없는 게 공산 정권 들어와서 그런 줄 알았는데 이미 그 전부터 평안도, 함경도 산의 나무를 다 잡았어요. 나무를 잡고 나서 1940년대 가까워서 태백산맥에 손길을 들이대죠. 오대산이나 태백산맥의 나무를 잡는데, 당시 전봇대가 전부 전나무였어요. 일본인들이 다 와서 잡은 나무들이죠. 그리고 송진류 빼느라고, 지금도 굵은 나무들 보면 껍질에 빗살무늬로 그어놓은 상처가 많습니다. 나무숲 중에 가장 아름다운 숲에 있는 나무마다 다 가슴이 헐었어요. 밑동이 다 헐어 있는 겁니다. 송진류 채취하려고 나무를 다 잡은 거예요. 그러면서 산림철도를 놓습니다. 기관차가 들어가서 나무를 들어내는 게 아니고, 산림궤도를 놓아서 철수레로 나무를 운반했습니다. 옛날 철도 수리공들이 타고 다니는 기차와 같은 형식이었어요. 좋은 나무만 잡은 게 아니라 화목까지 몽땅 잡았습니다. 1920년대부터 우리 나무가 다 일본으로 들어간 거죠.

그리고 석탄이 들어오면서 철도가 납니다. 그때 함백산과 같은 지방에 철도를 놓으면 교통부 장관이 준공식에 올 정도로 중요하게 여겼지요. 그 시절에 나무를 실어가던 철도였어요. 우리 남쪽에는 해방됐을 때 강릉에서 양양까지 철도

를 놔서 원산까지 올라갑니다. 양양은 이미 1937년에 기차
가 들어왔으니까요. 강릉을 출발해서 원산까지 화물기차가
가면, 원산에서 화물칸을 떼어서 해덕으로 가는 기차에 붙여
서 보냈습니다. 일본말로 '기리따이'가 있고 '노리까이'가 있
어요. '기리따이'는 길을 바꿔서 가는 걸 말하고, '노리까이'는
싣고 가는 기차가 가는 것을 말합니다. 그러니까 강릉에서
보낸 화물칸이 원산에서 다른 기차에 붙여져서 해덕까지 운
반했던 겁니다. 지금은 철도를 다 폭파해버렸는데, 우리 어
렸을 때는 교각이 남아 있었어요.

　그런 모습들을 보면서 왜 저런 교각이 있을까 궁금했는데
옛날 할아버지들이 기차 타고 양양에서 청진, 송진 갔던 얘
기도 하고, 또 서울 쪽에서 기계를 가지고 만주로 가서 기계
를 팔고 무역을 했다는 거예요. 해방되고 분단되면서 기차가
무용지물이 되었어요. 해방 때까지 썼고, 전쟁 때 북한에서
는 양양까지 군인을 기차로 수송해서 배로 삼척 쪽으로 보내
기도 했다고 합니다. 이것이 나중에는 휴전선이 그어지니까
무용지물이 된 거죠. 속초-양양 간에만 기차가 남아 있고, 양
양에서 북쪽으로는 기차를 이용할 수 없으니까 이걸 다 걷어
가버렸어요. 옛날 어른들만 양양에 기차가 있는 줄 알지, 이
제는 그걸 본 사람이 없어요. 지금 80세 넘으신 분들만 기차
가 있었다는 사실을 알아요.

수복지구의
잃어버린 시간

그럼 해방되고 나서 휴전선이 그어지기 전에는 이북까지 왔다 갔다 했는데, 전쟁이 끝나고 양양 기차역과 철도가 없어졌다는 말씀이시군요. 선생님이 분단 문제를 고민하게 된 계기는 무엇이고, 또 그 속에 녹이고 싶었던 문제의식은 무엇이었습니까?

그렇지요. 해방되었을 때 양양은 이북 땅이었습니다. 그러니까 전쟁 때 북한군이 기차를 타고 양양까지 와서 양양에서 육지로 쳐들어오거나 배를 타고 왔죠. 지금 정동진이 우리나라에서 처음으로 6·25 때 해상 침투한 곳이에요. 거기 잠수함도 있을 뿐 아니라 지금 가보면 오진우 부대가 상륙한 곳이라고 써놓은 기념비가 있어요. '이곳에 최초로 쳐들어왔다' 하고. 그 철도를 따라 기차를 타고 온 것입니다.

　제가 어릴 때 그런 것에 관심을 가지고 양양에 갔더니 뜻밖에 원산고등학교에 다녔던 분들도 많았습니다. 그 당시 양양에서 강릉까지 버스나 다른 대중교통이 없었어요. 기차 빼고는 대중교통이 없었어요. 양양에서 강릉 오기보다 원산이나 함흥, 청진 가서 공부하는 게 더 쉽고 좋았죠. 일제 때 사진을 보면 군산이나 원산이나 이국적인 모습이 있어요. 원산 우체국이나 원산역도 그렇고, 특히 원산여고 사진을 보여주면서 '이게 인터스쿨이야' 하면 사람들이 다 그런 줄 알아요.

지금도 깜짝 놀랄 정도예요. 내 친구 어머니도 원산여고 나오고 함흥에서 공부하고 그랬죠.

　제가 〈잃어버린 시간〉을 쓰게 된 동기가 있습니다. 양양이 '수복지구'잖아요. 수복지구 자료를 찾다가 양양고등학교에 강연을 간 적이 있어요. 어떤 학교인가 하고 연혁을 봤더니 1953년, 1954년에 학교가 다 쉬었더라고. 너무 놀랐어요. 그러면 이 고등학교가 1953~4년 전에는 없었는가? 당연히 있었죠. 일제강점기 때도 있었고. 보니까 그 학교들은 개교가 1953년, 54년으로 돼 있어요. 그게 뭐냐면 1945년부터 53년까지는 일부러 (기록을) 뽑아낸 거죠. 학교를 그때 다닌 사람들이 있음에도 불구하고 증발시켜버리는 거예요. 그리고 1945년 전에 일제시대 때 사범학교 출신은 학력을 다 인정받아서 선생을 하는데, 1945년부터 1953년 사이 인공 시절에 사범학교를 다닌 사람들은 선생을 못해요. 그 시기를 증발시켜버리는 겁니다. 이건 폭력적이죠.

　더 관심을 갖게 된 게 우리가 수복지구라고 부르는 이곳의 기막힌 분단의 역사 때문이기도 합니다. 1945년 해방되기 전에는 일제강점기잖습니까. 해방되면서부터는 소련군이 진주하니까 소련군 치하의 인공이고요. 휴전 전에는 여기가 또 묘하게 미군정 시절이 있었어요. 휴전한 다음에는 미군정에서 우리 대한민국 행정으로 옮겨왔는데 이것을 행정수복이라 하더라고요. 땅 수복이 있고 행정수복이 따로 있었던 거죠. 수복지구라는 말이 두 가지 의미예요. 우리가 6·25

174

때 북진해서 땅을 회복한 것도 수복이지만, 그 이후에 미군정에 있던 행정을 우리 쪽으로 완전히 이관하는 것도 수복입니다. 거기 가면 행정수복탑이라는 게 있어요. 하여튼 기막힌 역사예요.

또 하나, 어릴 때 독립문을 본 기억이 있어요. 이 소설 속에 나오는 그 독립문인데, 조그마한 독립문을 타고 그 위에 군인 상을 세워놓은 것이었어요. 그게 어디 있나 찾아봤더니 양양 현산공원이라는 곳에 있었습니다. 옛날에는 양양을 현산이라고도 했어요. 현북면, 현남면이라는 면 이름이 남아 있지요. 아무튼 그걸 봤을 때 '야, 저걸로 이야기를 하나 써야겠다' 했죠.

그런 사실은 근래에 알아서 〈잃어버린 시간〉을 쓴 거고요. 〈그대, 양진을 아는가〉를 쓴 것은 작가가 막 된 90년대 초였는데, 어릴 때 사촌이 사는 양양에 갔을 때 느낌, 70년부터 79년까지 박정희 정권 후기에 통일주체국민회의 대의원을 뽑는 선거의 풍경, 전두환 정권 체육관 선거 때 대의원들을 뽑는 선거, 이런 이야기를 쓴 거죠. 늘 느껴온 것인데, 버스 제일 늦게 탄 사람이 이제 그만 태우라고 하듯이, 언제나 변절자들이 왼쪽도 오른쪽도 확 들어와 있어요. 그와 마찬가지로 수복지구 사람들일수록 정권이 추구하는 바의 보수적 기원을 거의 충성스럽게 하죠. 휴전선 인접 지역의 (보수적) 표심이 더 강하지 않습니까. 그런 것이 우리 시대의 참 웃기는 모습입니다. 그 모습 중에서도 〈잃어버린 시간〉에 나오는 주인공의 아버지의 삶도 참 답답하고, 주인공의 친구 어머니, 정회 어머니 같은 경우도 억울하다 아니다 할 수도 없었죠.

그런 것을 나라도 소설로 기록해야겠다는 생각이었어요. 이 시대의 소설이, 역사가 증언하지 못한 것들을 증언하는 기록이 될 수 있거든요. 그것을 나라도 증언해야겠다. 그런 부분에 대한 증언이 앞으로 점점 더 많이 나오겠지만 사실 그런 부분을 연구하는 일도 얼마 전까지 껄끄러웠거든요. 왜 연구하느냐고 할 수도 있겠지요. 그런데 지금도 엉터리로 만들어진 이야기가 얼마나 많습니까? 인터넷에 보니 삼척 지구에도 간첩들이 있었다고 하더군요. 6·25 이후에 간첩 관련 사건이 꽤 많았거든요. (간첩이) 찾아오면 당연히 풍비박산 나지만, 찾아오지 않아도 찾아온 것처럼 엮어서 풍비박산 낸 경우도 많았죠.

이경자 선배가 그런 쪽 소설을 몇 번 쓰기도 했어요. 그분은 양양 출신이고, 이상국 시인이라고 양양 출신의 시인도 있습니다. 예전에 육군사관학교 같은 경우에는 공부를 잘해도 들어가지 못했어요. 말 그대로 연좌제죠. 저는 그런 일을 실제 현실에서 봤고, 문학으로라도 기록에 남겨야겠다고 생각했습니다. 대중적으로 몇 명이 보든 안 보든 그건 중요하지 않아요. 작가에게 독자가 안 중요하다는 말이 아니라, 저도 많은 독자를 거느렸던 사람이지만 기록으로서 그런 부분이 참 중요하다 싶죠. 〈그대, 양진을 아는가〉뿐 아니라 〈혜산 가는 길〉 같은 작업도 한 사람으로 그렇게 역사가 증언하지 못한 것들을 기록해야겠다 싶었습니다.

아까 양진에 독립문이 있고 그 위에 군인이 있다고 한 그곳이 천공리라고 하는, 강이 나가는 곳입니까?

천공리에 역이 있었어요. 기차역이 있고. 뚝방도 있고. 옛날에 (독립문이) 있던 자리는 거기예요. 옛날 구청 앞 사거리가 있었어요. 강서, 양양 들어가고 한계령 쪽으로 가는 사거리. 지금 큰 다리가 아니라 옛날 다리가 있었어요. 그 다리 앞에 구청서 한 200m 내려오나, 그곳 사거리에서 강릉, 속초, 서울 가는 길로 갈라지는 사거리에 세웠어요. 그 독립문에 '북진통일의 그날까지'라고 쓰여 있다고 한 문장은 제가 소설 속에서 만든 말이고요, 실제로는 없습니다. 그 독립문은 서울에 있는 독립문의 축소판이고 (현산공원으로) 옮기면서 색칠도 하고 보수도 많이 한 모습이지요.

25년이 지나도
이데올로기에 묶여 있는 양진

〈그대, 양진을 아는가〉가 1990년에 나왔고 2015년에 〈잃어버린 시간〉이 나왔으니까 간극이 25년입니다. 공간적 배경은 양진이라고 하는 동일한 공간인데, 25년이 지나도 별로 달라질 것이 없다는 생각 때문에 동일한

공간을 다루셨는지, 아니면 25년이란 시간 동안 차이가 있어서 다루셨는지 궁금합니다.

아, 그것은 차이가 있는 거예요. 공간은 똑같은데 차이가 있습니다. 〈그대, 양진을 아는가〉는 1977년부터 8년, 9년 사이에 본 '반공방첩', 그것이 우리들의 모습에 대한 이야기이자 수복지구에 대한 이야기였다면, 지금 〈잃어버린 시간〉은 제가 그때는 잘 몰랐던 것들, 수복지구 안에서 삶이 얼마나 피폐해져 왔는지를 다룬 이야기입니다. 주인공의 아버지도 그렇고 친구 어머니도 그렇고 그들의 삶은 이데올로기가 만들어낸 것 아닙니까. 〈그대, 양진을 아는가〉에서는 한 개인이 역사 안에서 집단 이데올로기적 모습을 보입니다. 그런 역사 속에 진짜 알려지지 않은, 역사의 희생물이죠. 이야기를 기록하고 싶었습니다.

그런데 〈잃어버린 시간〉의 주인공에게도 비슷한 경험이 있습니다. 연좌제 신고의 문제라든지 감시나 불신 문제에서 말입니다. 예전에 주인공이 짜장면 통을 버리고 간 청년을 간첩으로 의심했고, 결론적으로 엄마가 짜장면 집에 신고해서 나중에는 짜장면 배달하는 청년이 자살하고 말았습니다. 주인공은 그 일을 평생 누구에게 말도 못 하고 끌어안고 살아가지 않습니까. 선생님이 무언가 의도가 있어서 동일한 부분을 배치하신 것입니까?

네, 그렇죠. 당시 간첩 신고라는 게 사법서사, 쟁점서사인데, 잘되니까 전략적으로 했을 수도 있지만 이미 의심이 우리에게 있죠. 그게 간첩 신고가 되고. 저는 어릴 때부터 그런 모습을 꽤 봤어요. 동네의 어느 분이 사법고시에 합격했어요. 임용은 안 됐어요. 그분이 나중에 어찌해서 독일로 가버리셨어요. 독일 가서 법학 공부를 했는데 그 이후에는 잘 모르겠어요. 나중에 시간 지난 다음에 알게 되었어요. 누가 (연좌제와 관련되었다고) 신고해서 임용이 안 되었다는 걸요. 그런 일이라는 게 시간이 오래 지나고 나면 드러나기 마련이에요. 처음엔 누구 같다고 의심하지만 나중에 드러나고 나서 집안끼리 반목하는 일이 많았어요.

또 하나는 전쟁이 50년에 나고 휴전은 53년에 됐는데, 제가 (전쟁을 겪지는 않았지만) 실시간으로 겪은 듯한 느낌을 갖게 돼요. 서울에서, 도시에서 자라면 느끼지 않겠지만 시골이라서 그랬던 것 같아요. 우리 어릴 때 마을에 보면 자식하고 어머니만 사는 집들이 있어요. 지금 서울도 보면 젊은 여자 혼자 아이를 데리고 살면 이혼했거나 남편이 사고가 났거나 한 경우가 많은데, 그때는 사고라는 게 있습니까. 그렇게 사는 집은 거의가 다 아버지가 의용군이 되어서 돌아오지 않은 경우죠. 의용군은 거의 붙잡혀간 줄로만 아는데 그게 아니라 의용군에 자발적으로 갈 수밖에 없는 상황도 있었고요. 의용군 안 가면 (남한의) 군인으로 잡혀가는지라 어차피 전선에 투입되는 거예요. 그 선택의 문제지, 군을 선택하는 문제는 아니었다는 말이죠. 이런 이야기를 어릴 때 하도 들어서 그것을 실제로 본 듯합니다.

　또 하나는 연좌제에 대한 기억입니다. 아버지가 의용군에 갔는데도 불구하고 아들을 위해서 아버지를 사망자로 만드는 일들을 했어요, 마을에서. 죽었는지 살았는지 모르지요. 그런데 그 연좌제를 해소해버리는 일을 했어요. 지금은 참 그렇게 못하겠지만 그때는 60년대 후반, 70년대니까 가능했는데, 이장과 노인들이 증언하면 사망으로 바꿀 수 있었어요. 지금이야 누가 집에서 죽으면 경찰이 와서 수사하지만, 그때는 병으로 죽거나 하는 경우는 1%도 안 되니까. 사실과 달리 사람들이 사망자로 만들어지는 과정을 봤죠. 또 월북했다던 친척을 이산가족 상봉 때 만난 적도 있었고요. 제 10촌 형님인데 의용군으로 갔어요. 예전에 칼럼으로 그 형님에게 보내는 편지를 쓴 적도 있어요. 그러다 보니 들은 이야기지만 들은 것이 재현되는 듯한 느낌, 실제 겪은 느낌으로 다가와요. 어릴 때 들은 이야기에는 어른들이 말해주는 옛날이야기도 있지만 근세 사이의 이야기가 많았거든요. 그래서인가 봅니다.

상처뿐인 고향, 그래도 가고픈 고향

선생님의 전방위 작품에서 고향에 대한 이미지들이

많이 나타납니다. 그런데 〈잃어버린 시간〉에서 그렇게 말씀하시더라고요. 고향에는 부모 형제가 없으면 고향이라는 의미가 없다고. 고향은 돌아가고 싶은 곳, 정겨운 곳, 편안한 곳일 텐데 작품 속에서 '상처를 언젠가 떠올리게 하는 공간', 그래서 껄끄럽고 돌아가기 싫지만 돌아갈 수밖에 없는 공간이라는 중첩된 의미가 드러나는 것 같아요. 고향이라는 의미를 선생님은 다르게 설정하시는지, 무엇으로 생각하시는지 여쭤보고 싶었습니다.

저에게 고향은 돌아가야 하는 곳입니다. 또 강릉을 배경으로 하는 작품들에서 보면 강릉에 대한 애정이 커요. 그렇다 하더라도 〈잃어버린 시간〉에서 고향에 대해 그렇게 이야기한 것은, 어머니 아버지가 안 계시니까 이제 저기는 저하고 상관이 없다는 뜻은 아니에요. 정말 사랑하지 않으면 증오도 없잖아요. 부부가 이혼하면 처절히 싸우는 것이 옛날에 사랑했던 기억들 때문이겠지요. 배신의 깊이 때문에 더 처절하게 싸우는 게 아닌가 싶어요. 그런 것처럼 고향에 대한 상처가 큰 사람들일수록 고향에 대해서 '보기 싫다' 하고 '내가 다시 안 간다'고 하지만 안 갈 수 있는 것도 아닙니다. 마음 안의 상처에 고향이 있어요. 고향이란 말 안에 상처가 있고, 살아서 화해가 되어야 하는데 화해할 수가 없어요. 나 혼자만 화해할 수도 없으니 해결되지 않는 상처로 남아 있는 겁니다.

　그런 상처를 현실에서라면……. 소설로는 쓸 수 있지만,

당사자일 때 얼마나 쓰기 어렵겠어요. 내 가족사의 의미. 드러내기가 그만큼 어려운 부분인데 그것은 개인이 해결할 수 있는 게 아닙니다. 또 시간이 해결해주는 것도 아니에요. 그것은 사회적 변화가 해결하는 거죠. 간첩 사건 같은 경우에 30년, 40년이 지난 지금 다시 보잖아요. 재판에서 무죄 받고 회복하잖아요. 그런 것처럼 역사적 상처는 당사자가 죽은 다음이라도 어떤 식으로든지 산 자들의 몫이에요. 사회의 시간은 50년대부터 변하지가 않아요. 조금 느슨해진 건 있죠. 그러니까 여러분도 공부하고 저도 이야기할 수 있다, 이런 정도의 차이지요. 1950년대와 지금의 가전제품 변화를 보세요. 엄청나게 발전했지요. 사회의 변화도 이와 같아야 하는데 그러지 않았어요. 앞으로 시대가 해결해야 할 문제 같아요. 나중에 어떤 식으로든지 수복지구에 대해……. 저는 방법은 잘 모르지만.

침묵 그리고
우클릭!

지역 사회에서 동창회라는 게 있잖아요. 양양중학교 총동창회를 하면 인공 시절에 학교를 다닌 분들은 포함을 안 시켜줄까요?
그때는 안 끼워줬는데, 지금은 모르겠어요. 그때는 정말 어렵지 않았겠어요? 학교 자체에도 불명예스러운 일이었겠죠.
양양중학교는 제가 보니 해방 전에는 없었더라고요. 일제강
점기에는 없었어요. 해방되고 적 치하에서, 인공 때 보면 있
었거든요. 그런데 그 학교 나왔다고 말은 하지만 현실적으
로 그걸 약력으로 쓸 수가 없죠. 감춰진 약력이죠. 양양 사람
인데 원산까지 가서 학교에 다녔던 사람들도 마찬가지예요.
일제시대 때도 그렇고 인공 시절에도 그렇고, 양양에서 원산
에 있는 학교로 진학한 사람들이 많았어요. 그런데 인공 때
빨갱이 교육받았다 하잖아요. 거기서 억울해도 말을 할 수도
없고. 제가 만약에 1970년대에, 원산사범학교 나왔으니 초등
학교 교사 자격증을 달라고 했다면 멱살 잡으면서 '이 빨갱
이야' 했겠지, 놔뒀겠어요? 그게 현실이었거든요. 그런 일들
이 지금도, 그 학교 자체도 상처죠. 1952년 양양에서 졸업한
친구들은 졸업했다는 내용조차 없어요. 본인은 나왔다지만
어디 가서 써먹을 데가 없는 거예요.

**2015년에 『소설문학』에 〈잃어버린 시간〉 내실 때
인터뷰했던 부분 중에, 수복지구 사람들은 운명적으로
오른쪽만 바라보는 체제 순응적인 정서가 있는 것 같다고
말씀하셨습니다. 그런 부분이 상처로 존재하지만 어떤
운명적인 것이 강요되는 측면이 있지 않을까요?**

분단은 사정(事情)을 봐주지 않아요. 자신들이 원해서 인공
치하에 있었던 것도 아니지만 모든 것을 현재적 관점에서 소

급해서 판단을 해버리죠. 인공 치하 지역의 학교에 다녔으면 그냥 빨갱이가 맞다는 거죠. 문제는 분단이 지속되고 있는 탓에 그러한 과거사가 어떤 폭력에 노출되게 만든다는 것입니다. 그러니 어쩌겠어요? 살아남기 위해서는 시간을 지울 수밖에요. 〈잃어버린 시간〉에서 정희 어머니가 그 전형적인 인물입니다. 자신의 과거사에 대해 철저히 침묵하고 외면하며 살아가죠. 아니면 〈그대, 양진을 아는가〉에 나오는 아버지와 같이 살아갈 수도 있습니다. 그는 박정희 정권 아래에서 대의원이 되기 위해서 필사적인 노력을 합니다. 정희 어머니가 침묵하는 쪽을 선택하였다면, 이 사람은 자신의 정치적 선명성을 더 강조하는 쪽으로, 더 오른쪽으로 자신의 정체성을 바꾸는 길을 택했죠.

분단 시대에서 작가의
자기 검열

선생님도 분단 체제 속에서 살아오셨고, 유년기에 들은 이런 이야기를 토대로 작품을 구상하실 텐데, '나는 분단 체제에서 살아가고 있는데 어떤 편에 서 있는가?' 하는 자기 검열을 하시는지요?

하지요. 우리나라 작가들은 기본적으로 자기 검열을 두 분야에서 해왔어요. 지금은 거의 안 하지만. 예전에는 주로 정치에 대해 민감한 부분에서 자기 검열을 했지요. 제가 어떤 경험이 있었냐면요, 1987년에 서울 쪽에서 신춘문예에 당선됐다는 얘기를 들었는데 이게 취소된 거예요. 마지막 결정 과정에서 당선이 취소되었죠. 군을 배경으로 해서 부산 미문화원 방화 사건의 연장선에서 쓴 작품이었어요. 임구 선생이 심사를 했지요. 군사정권 시절이어서 민감한 부분이 걸렸던 겁니다. 그때만 해도 여러 사건이 있었잖아요. 그래서 자기 검열들을 해요.

또 하나, 자기 검열하는 분야가 남북문제입니다. 지금은 아니지요. 남북문제를 다루는 작가들도 거의 없으니까. 한 예로 《태백산맥》이 국가보인법 관련해서 조사받은 적이 있잖아요. 검찰이 알아서 수사한 측면도 있지만 국가보안법에 위배된다고 고발당하는 게 있잖아요. 그래서 어떤 의미로든 저 스스로 1985년에 쓴 〈소〉에서, 실제 소를 끌고 간 사람들은 군인들인데 인민군이 끌고 간 설정으로 검열한 거죠. 그 검열을 안 할 수가 없었어요. 신문사도 당선을 안 시켰을 테고, 또 '왜 이렇게 썼어?'라고 하거나 험한 꼴을 당할 수도 있고. 아무튼 정치라든지, 분단 문제라든지 이런 부분의 검열은 〈분지〉에서도 있었잖아요. 검열하는 게 좀 느슨해졌다 뿐이지, 크게 달라지진 않은 것 같아요.

아까 1987년도 신춘문예에 당선되었다가 취소되었다고 하셨습니다. 그 내용이 부산 미문화원

**방화 사건이었고요, 1986년 상황에서 보면 주한
미군 이야기군요. 그걸 쓰실 때 미국에 대해 어떻게
생각하셨나요?**

부산 미문화원 방화 사건의 김은숙과 같은 학생 이야기를 다뤘지요. 그 무렵에 저는 수위 조정을 하더라도 빽빽하게 썼어요. 작품 제목이 'Give me Get away'였어요. 기브 미는 달라는 거잖아요. 또 겟 어웨이는 꺼지라는 뜻이고요. 〈Give me Get away〉는 열차에서 만난 세 청년의 이야기입니다. 예전에 통역 사병이었다가 춘천에 있는 미군을 상대로 한국어 강의를 하는 청년과 미군 부대에서 사고를 쳐서 일반 부대로 전출 가는 사병, 산판장에 가는 한 청년이 서로 이야기를 하는 내용입니다. 제목에 조롱도 좀 들어갔지만 지금은 아무것도 아닌 것 같아요. 그래도 당시에는 수위가 셌죠.

돌아보니 빡센 수위로 쓴 것 때문에, 등단한 다음에 발표한 작품들이 문제 소설이라는 타이틀을 달게 되더군요. 웃기잖아요. 좋은 소설로 평이 나가는 것이 아니라 '이달의 문제 소설'로 거론되었으니까요. 문제 소년, 문제 학생, 문제 국가 다 안 좋은데. 문제 소설이라는 건 '누가 어느 분야에 대해 어떤 수위로 말하는가?'도 포함이 되었어요, 작품의 의미 안에. 그런 시절에 사실 남북문제가 아니더라도 미군도 남북 때문에 와 있다고 보면 그런 식으로 문제의 범위가 넓어졌죠. 작가에게 알게 모르게 그런 부분이 있어요. 지금도 있긴 하겠지만 그런 수위 조절을 작가가 한 겁니다. 작가들은 이런 고민을 늘 했죠.

저는 우리 시대의 작가들치고는 그 고민을 마지막까지 한 작가 중 한 명이에요. 왜냐면 분단 문학을 했던 전상국 선생, 유재홍 선생 이런 세대에서 분단 문학은 거의 끝났거든요. 그 이후에 가니까 마치 올드패션 들고나온 작가라는 느낌이 들었어요. 제가 꼰대가 되어버리나 싶었죠. 그러나 분단은 여전히 실시간으로 중요한 문제예요. 개성(공단, 관광) 문제, 이런 건 다다음 사안이잖아요. 어쨌거나 지금까지 분단은 50년대적인 사고에서 벗어나지 못하고 있는 거고. 그 정권에서 금강산 여행 문제 같은 경우도 마찬가지입니다. 정치적 현안이고 대북방송 등이 벌어지고 있는데, 이렇게 현실적 문제임에도 불구하고 실제 사람들 뇌리에서는 60, 70년 전의 이야기처럼 인식되고 있어요. 그러나 인식과 다르게 분단은 현실이지요.

〈그대, 양진을 아는가〉에서 표어를 '첩방, 공반'으로 읽었지 않습니까? 이게 뭔가 했는데 오른쪽부터 읽어야 하는 것이었어요. (웃음) 물론 지금은 왼쪽 쓰기를 하는 게 당연하지만 당시에는 오른쪽 쓰기도 있었잖아요. 반공 방첩이라고 쓴 것을…….

일종의 야유죠. 현실에 대한 야유이기도 하고. 우리 옛날 초등학교 교무실 유리창에 '반공 방첩'이라고 써놨어요. 나중에 학교 교무실 문짝을 어느 동네의 닭집인가 가져가서 달았는데 그 문짝이 '첩방, 공반'인 거예요. (일동 웃음) 거꾸로 해서.
뒤집은 걸 보고 아이러니하다 했죠.

남북 교류, 쉬운
문화 교류부터

**70년이 지나도 분단 이데올로기를 내면화한 신체는
그때나 지금이나 다름이 없어 보입니다. 여전히 남과
북은 서로에 대한 적개심으로 무장하고 있고, 그러다
보니 교류조차 원활하지 않습니다.**

참 답답한 게, 문학 교류가 참 쉬워요. 열려고 들면 체육 교류
도 쉽고 문화 교류가 쉽고 다른 어떤 교류보다도, 음악도 쉽
고. 체제적인 부분보다 쉽거든요. 열어야 하는데 그 부분들
도 막혀 있는 게 참 답답하죠. 사실은 경제적 교류도 쉬워요.
돈이 말하면 귀신도 죽는다는데. (웃음) 지금 막아서 그렇지.
전 강원도 사람이니까 그게 참 좋았어요. 옛날 마트, 시장 가
면 털게라고 있는데 털게 안이 정말 빡빡하게 차 있어요. 언
젠가 보니까 털게 원산지가 북한이라고 쓰여 있더라고요. 정
말 고향에 온 거 같았어요. 원산에서 잡은 털게가 속초로 온
거잖아요. 털게가 남쪽에서는 아주 비싸요. 예전에 강릉서
우리 식구들끼리 밥을 먹는데 털게 두 마리에 십만 원이라
했어요. 아버지가 털게를 참 좋아하시는데 이제 먹지 말라

하셨어요. 이게 옛날 60년대 집에 있던 머슴들 1년 새경인데 어떻게 먹느냐 하셨지요.

아무튼 돈 얘기했는데, 경제 교류도 쉽다는 말이지요. 문화는 늘 스미고자 하는 무언가가 있어요. 문학도 마찬가진데, 시와 같은 작품들도 옛날에 통일 문학이라고 이쪽저쪽 다 섞어서 보자는 얘기도 있었고. 지금도 보면 우리가 말이 달라지고 한다고 해도 한글을 쓰니까 금방 알 수 있습니다.

지금 문화적 교류나 경제적 교류를 얘기하셨는데, 〈혜산 가는 길〉에서 꿀벌들의 합봉 얘기가 나옵니다. 선생님 나름의 통일 방안 구상으로 보이는데 그것에 대해 이야기해주셨으면 좋겠습니다.

만약에 1,000마리가 있어야 하는 벌통에 500마리가 있으면 그런 벌통들을 합봉하는데, 무작정 하는 게 아니에요. 500마리씩 든 벌통 두 개를 붙인 다음 맞닿은 부분에 칸막이를 만들어요. 그 칸막이에 작은 구멍을 내놓으면 처음엔 벌들이 당황스러워하다가 구멍을 조금씩 갉아내서 두 개의 벌통이 하나로 합해지는 거예요. 그러면 이 벌통은 나중에 더 많은 꿀을 따게 되죠. 이걸 선수들이 기술적으로 하는 작업이지만, 통일이라는 것도 저는 그렇게 문화적으로 조금씩 스며드는 방식으로 가능해진다고 생각합니다. 그런 것들을 소설에 쓸까 했어요.

지금은 그렇게 합봉을 안 하지요. 예전에 꿀이 정말 귀했

어요. 벌꿀이 귀하니까 그 시절에는 벌들을 보면 합봉하는
거였죠. 합봉도 기술이 필요해요. 요즘은 합봉하는 걸 잘 못
봤어요. 기술자들 다 돌아가셔서. 어릴 때 그런 기억이 있어
서 소설 끝에 그 얘기를 하면 좋겠다 했지요. 문화가 서로 이
렇게 스며드는 게 아닌가 싶어요.

**선생님 얘기를 들으니 합봉이 굉장히 마음에 와닿습니다.
그리고 이런 것을 사람들에게 얘기해주면 남북의 통일이
불가능한 것만은 아니라고 생각하지 않을까 싶습니다.**

질곡의 현대사가 남긴
삼팔 콤플렉스

**사실 우리에게 질곡의 역사가 많았잖아요. 〈그대, 양진을
아는가〉에서 당숙이 다리를 절름거리는데, 4·19 때
운동을 하다가 다리가 그렇게 된 거였죠. 4·19는 민족
통일이나 민주주의가 실험적으로 쏟아져 나온 시기였고,
1년 뒤에 5·16이 있었지 않습니까.**

그렇죠. 4·19의, 우리 역사 속의 모습이죠. 그 당숙의 모습
이 4·19의 의미도 그렇고, 의의도 그렇고, 미완인 것도 그렇
고. 우리 역사 속의 모습이 당숙의 모습과 같은 겁니다. 물론
나중에 어떻게 정의가 되겠죠. 회복되겠죠. 그때는 더군다나
4·19는 의거라 하고 5·16은 혁명이라 불리던 시기예요.

소설 〈얼굴〉에서 5·18을 다루고 있습니다. 가해자라 할 수 있는 계엄군에 대해 이야기를 하지만 분단의 역사라든가 삼팔 콤플렉스라는 말을 쓰시잖아요. 분단이나 삼팔 콤플렉스 같은 것이 우리 역사 5·16이나 5·18까지도 내재해 있다고 보시는 겁니까?

삼팔 콤플렉스, 저는 그것을 현실적으로 많이 느낀다고 봐요. 양양 가도 그렇고, 속초 가도 그렇고. 저도 강릉 사람이잖아요. 참 어렵고 민감한 이야기이기도 한데 말하자면, 경상도 사람들이 호남 사람들을 무시하고 뭐라고 하는 것처럼, 강원도에 가면 강릉 사람들이 양양이라든가 속초 사람들을 비슷하게 여겨요. 사상적으로 문제가 있다는 게 아니라, 뭔가 깔보는 듯한 분위기가 있습니다. 다 연결되어 있죠.

강릉 사람들이 수복 문제에 대한 뭔가가 있어요. 지역적인 문제인데, 강릉 사람들이 그러는 것은, 강릉이 더 크고 양양이 작지만, 양양에 기차가 먼저 들어왔고 의병도 먼저 시작하고 3·1운동도 먼저 했기 때문이에요. 그 지역에서는 중요한 문제거든요. 그러다 보니 강릉 사람들이 양양 사람들을 '하와이'라 불러요. 그 말에는 좀 안 좋은 의미가 포함되어 있는데, 왜 그러나 봤더니 그 안에는 콤플렉스가 있었죠. 우리가 그렇게 부르는 건 좀 아니라고 하지만 '쟤들은 뭐든 먼저 했다'라는 열등감이 있지요. 그런 게 알게 모르게 있습니다.

강릉이 중심부 문화여야 하는데, 오히려 주변에서 중요한

역사적 사건이 일어났기 때문에 그럴까요?

그게 콤플렉스예요, 뭐든 양양이 먼저 했다는. '쟤들은 참 억세서……'라고 자기들의 약점을 콤플렉스화하는 거죠. 강릉 사람들은 서울을 그리워하지 않아요. 그들이 수도예요. 강릉에는 삼국 시대부터 신라의 군학이 있었고, 단오의 주신인 범일국사가 있었어요. 국사는 국가에서 임명한 거잖아요. 또 강릉 김씨 시조 김주원은 신라 선덕왕이 죽자 왕으로 추대된 사람이에요. 그런데 경주 부근의 알천이 넘쳐서 못 건너갔어요. 왕위는 하루도 비울 수 없으니 김경신이 왕이 되었고, 김주원은 나중에 명주군왕에 봉해져서 강릉으로 낙향했지요. 어쨌든 강릉에서는 김주원을 군왕으로 모셨고, 또 국사도 정통성이 여기 강릉에 있다고 여기죠. 이것은 미묘한 지역 사회적인 부분인데……. 이해가 잘 안 될 거예요.

그런 심리에서 강릉 사람들이 양양이나 속초 사람들을 보면 '당신네는 인공 시절을 살아와서 정통이 아니다, 우리는 정통으로 대한민국 체제에서만 살았다'고 생각하는 것은 아닐까요?

그런 것도 있지요, 같은 양양 사람들에게서조차. 지금 두 시를 통합한단 얘기가 나오잖아요. 양양시로 하자 어쩌자 하는. 어쩌다 이런 얘기가 나왔는지. (웃음) 일제시대에 원산사범학교 출신 교사들이 나중에 인공 때의 일이라고 완전히 개무시하는 경향이 있잖아요. 그렇게 함으로써 자기의 정통성

확보를 하는 거죠. 그렇게 보면 사람 심리가 다 서로 연관이
되어 있고 여러 가지로 미묘한 게 있구나 싶죠.

**그러니까 그 분단 문제에서는 선생님 작품 전반에서
다루는 문제의식이 굉장히 배어 있는 것입니다. 또
한국이라는 공간 자체가 독립문이라는 식의 상징물로
채워져 있고, 몸과 무의식이 그런 문제에 다 사로잡힌
것이 분단의 이데올로기로 보입니다.**

남과 북을 잇는
금강산 트레킹 길을 만들자!

**남북 교류를 재개하면 선생님은 어떤 일을 하고
싶으십니까?**

지금 금강산이 닫혀 있잖아요. 처음에는 배로 갔고, 나중에
는 차로 갔는데. 저는 꿈꾸는 게 있어요. 금강산에 트레킹하
러 가는 거죠. 제가 몇몇 지인과 강릉에 걷는 길을 만들었어
요. 길을 만들고 보니 휴전선도 보이더군요. 일전에 DMZ 안
에 들어가 봤는데 중간에 문이 있었어요. 문 양쪽에 길이 나
있었어요. 이게 다 남에서 북으로 통하는 통문이었던 거죠.
남방 한계선에서 출발해서 남쪽 비무장지대 4km, 북쪽 비무
장지대 4km를 걸어서 북방 한계선까지 가는 거예요. 거리가
12km 정도 될 텐데, 배로 가고 차로 가는 게 아니라 걸어서

가는 겁니다. 하루 걷기 코스로 딱 좋아요. 그렇게 금강산까지 트레킹하는 거죠. 그렇게 해도 참 좋겠다는 생각이 들었습니다.

DMZ 둘레길을 하나 만들자는 말씀입니까?

아니요, 옆으로(휴전선을 따라 동서로) 가는 둘레길이 아니에요. (웃음) 남과 북의 통로로 뚫고 들어가는 길을 만들자는 말이죠. 금강산 코스잖아요. 걸어 들어가는 길이 DMZ 길이지, 돌아가는 건 분단의 길이지요. 휴전선을 따라가는 둘레길에서는 DMZ가 보이지도 않아요. 남방 한계선에서 북방 한계선까지 12km니까 남에서 출발해서 중간에서 점심 먹고 걸어가서 북에서 숙박하는 거예요. 북에서 하루 숙박을 하고 다음 날 다시 걸어 내려오죠. 그러면 체류가 늘어나니 북한에도 도움이 돼요. 금강산을 걸어간다는 건 백두를 걸어간다는 겁니다. 이건 꿈이 아니고 현실이에요. 한 사람만 마음먹으면 현실이 될 수 있어요, 이건 마음만 먹으면. 그런 생각을 해야지, 뒤로 가면 안 된다는 겁니다.

또 하나는 속초에서 기찻길을 북쪽으로 연결하는 거예요. 원산을 지나 블라디보스토크를 경유해서 그 기차를 타고 유럽까지 가는 거죠. 경의선 통해서는 중국까지 가잖아요. 이걸 연결하면 유럽까지 가는 기찻길이 가능해요. 크게 봐야 한다는 말이죠.

지워진 역사에 기록의 길을 연다

세간에 알려진 것과 달리 이순원 작가의 첫 작품은 한국전쟁을 배경으로 한 〈소〉라는 소설이다. 작품 속에서는 소를 인민군이 징발했다고 썼지만 실제로는 국군이었다. 그러나 작품이 나올 당시 사회적 분위기에서는 사실대로 쓴다는 것은 위험한 일이었다. 전쟁을 직접 체험한 세대는 아니지만 자라면서 전쟁 중에 일어난 일을 숱하게 들은 작가는 전쟁이 남기고 간 상처들을 외면하지 못했다. 또 사실을 왜곡해야 하는 비틀린 현실에 침묵하는 것도 참을 수가 없었다. 그래서 작가는 사회가 허용하는 범위 내에서 '자기 검열'을 해서라도 소외되고 역사 속에서 사라진 사람들의 이야기를 써 내려갔다.

작가의 고향인 강릉과 가까운 위치에 있는 수복지구 양양은 현대사에서 매우 독특한 지역이다. 일제강점기에 기차가 들어와 강릉과 원산을 잇는 교량 역할을 하던 양양은 분단과 전쟁으로 인해 뜻하지 않게 위상이 추락했고 그곳에 살던 사람들의 삶이 꼬여버렸다. 인공 시절을 살던 기록이 삭제되고, 연좌제로 고통받는 사람들이 많던 이 지역의 실상을 소설로나마 '기록'해 증언으로 남기고 싶었다고 작가는 말한다. 분단과 전쟁으로 인해 이산가족이 된 사람들의 아픔도

〈혜산 가는 길〉에 남겼다.

　분단과 전쟁을 일상적으로 안고 살아가는 지역에서 생활한 작가는 통일을 향해 가는 방법도 고민하고 있다. 작가들은 문학으로 교류하고, 민간인들은 관심사로 교류하고, 장사하는 사람들은 경제 교류를 하면 통일의 길이 자연 열릴 것이라고 기대하고 있다. 또 휴전선과 DMZ로 가로막힌 백두대간의 길을 이어 금강산까지 트레킹하는 길을 만들면 좋겠다는 의견을 내기도 한다. 남북을 가르고 있는 DMZ를 동쪽에서 서쪽으로 따라가면 그것은 통일의 길이 아니라 분단의 길이다. 남쪽에서 북쪽으로 DMZ를 가로지른 길이라야 진정한 통일의 길이 된다. 작가는 횡단하는 DMZ 둘레길이 아니라 종단하는 DMZ 트레킹 길을 만들고 싶다고 한다.

　작가가 지닌 현실 비판 의식과 평화 의식, 통일에 대한 희망은 어쩌면 모두 고향을 사랑하는 마음에서 나왔는지도 모른다. 예전엔 하나였던 강원도가 분단으로 나뉘고 전쟁으로 상처 입은 모습을 보았기 때문에 누구보다도 따뜻하게 상처를 보듬어주고 싶은 마음일 것이다.

　그렇다고 이순원 작가가 분단과 통일의 문제만을 다루지는 않았다. 그의 작품 세계는 현대를 살아가는 우리 모두 겪을 수 있는 일을 다방면에서 그려내고 있다. 사랑, 가족, 고향, 도시, 전쟁, 군대, 5·18 등 작가가 그려내는 주제는 지금도 확장되고 있다.

인터뷰 후기

무병 치유로서의 글쓰기

'무병'은 무당이 되기를 거부했을 때 발병하며, 한국 사람만이 앓는 독특한 병이라 알려져 있다. 선상국 작가뿐만 아니라 다른 4명의 작가도 자신들이 분단과 전쟁 그리고 국가폭력에 대한 글을 쓰지 않으면 마치 무병을 앓듯이 참을 수 없으며 그래서 펜을 놓을 수 없다고 말한다. 이들이 빗대어 말하는 무병이란 작가로서 자신들에게 들려오는 역사 속에서 쓰러져간 영혼들이 내는 고통의 소리일 것이다. 무당이 죽은 자의 슬픔을 대신해 말해주고 달래주듯, 작가들 역시 기록될 수 없었고 기록되지 않은 그 고통의 소리를 역사의 정의와 진실에 빗대어 글로 대신 말해주고 있다.

김종곤

평화의 섬 '제주'를 위한 희망

현기영 작가는 제주도를 전쟁 반대, 평화 인권의 의미를 되살리는 '평화의 섬'으로 만들고 싶어 했다. 그러나 현실은 작가의 의도와는 반대로 흘러가고 있다. 분단과 신냉전으로 인해 제주에는 해군기지가 들어서고, 이로 인해 사람들 사이에는 새로운 갈등과 반목의 골이 깊어져가는 것이 오늘날의 현실이다. 작가의 바람대로 제주에 진정한 평화가 오기까지는 아직 요원해 보인다. 그러나 전쟁과 분단의 비극을 다시 한번 상기하고, 제주 4·3을 재상징화하는 것에서 평화가 시작될 수 있지 않을까. 제주에 진정한 평화의 꽃이 피어나기를 기원한다.

한상효

잃어버린 시간

위도 38도를 따라 죽 그어진 직선이었다가 전쟁을 거치면서 유연한 곡선이 된 휴전선. 직선일 때는 북쪽의 인민, 전쟁 시기에는 미군정의 보호 대상자, 곡선이 되면서 남쪽의 국민이 된 양양의 사람들. 수복지구라는 낯선 단어의 테두리 안에서 살아가는 사람들이다. 기억상실증도 아닌데 스스로 기억을 묻어야 하는 사람들의 억울한 삶은 도대체 어떻게 위로해야 할까. 그들의 잃어버린 시간을 세상에 내놓은 작가에게 고맙고, 그들의 존재를 몰랐던 무지에 부끄러웠다.

김종군

금강산 트레킹 길

"다 모였습니까? 지금부터 1박 2일 금강산 트레킹을 시작하겠습니다. 출발~~!!" 인솔자의 말이 떨어지자 DMZ로 들어가는 문이 활짝 열렸다. 문 앞에 있던 등산복 차림의 사람들이 환호성을 지르고 박수를 쳤다. 남쪽에서 출발해서 금강산을 넘어가 북쪽에서 하룻밤을 묵고 돌아오는 코스였다. 트레킹에 참가한 사람들의 얼굴에는 설렘과 기쁨으로 웃음꽃이 활짝 피었다.

이순원 작가가 금강산을 관통하는 트레킹 코스를 만들자고 열띠게 말씀하시는 동안 내 머릿속에는 이런 광경이 스쳐 갔다. 정말 이렇게 된다면 얼마나 좋을까! 슬며시 미소가 절로 지어졌다. 불가능한 일만은 아니다. 곧 상상이 현실이 되는 날이 오기를 바라본다.

박성은

미래의 공동체로서의 '고향'

분단의 역사는 국토만이 아니라 오랜 세월 함께 정을 나누며 지낸 마을 사람들을 갈라놓고 공동체를 파괴하였다. 문순태 작가에게 고향은 분명 아픈 기억을 떠올리게 하는 장소이지만 다른 한편으로 용서와 화해로 나아가기 위한 출발점이기도 하다. 그렇기에 작가가 말하는 고향의 이미지는 과거로 돌아가는 것이 아니라 상호 불신과 갈등의 역사를 넘어 상생할 수 있는 미래지향적인 공동체로서의 '고향'이라는 생각이 들었다.

박재인

망각될 수 없는 시간, 5월의 광주

임철우 작가와의 인터뷰 중 광주의 역사가 곧 나의 역사라고 힘주어 말하던 부분이 머릿속에 남는다. 상처의 역사는 자신의 일부를 구성하였기에 그러한 역사를 망각하라고 주문하는 것은 곧 그 자신을 부정하는 일과 다름없기 때문이다. 오늘날 우리는 충격적이고 비극적인 사건이 발생하면 여지없이 즉각적으로 그것을 빨리 잊고 다른 미래를 준비하자고 말한다. 우리는 상처 입은 사람을 위로하고 함께 상처의 무게를 견뎌내는 데에 익숙하지 않다. 우리 사회에 필요한 것은 즉각적인 망각이 아니라 오히려 '애도 속에 머물기'가 아닐까. 그럴 때 우리 사회는 타자의 윤리를 받아들일 수 있지 않을까.

윤여환

건국대학교 통일인문학연구단

건국대학교 통일인문학연구단은 한반도의 통일 문제를 인문학적으로 접근하고자 출범한 연구기관이다. 2009년 한국연구재단의 '인문한국(HK)지원사업'에 선정되면서 연구 체계를 본격화하였으며, 2012년 1단계 평가에서는 '전국 최우수 연구소'로 선정되었다. 통일인문학연구단은 통일이 사회통합의 길이 되기 위해서는 정치·경제적인 체제 통합뿐만 아니라 가치·정서·생활상의 공통성을 창출하는 작업이 필요하다고 본다. 이에 본 연구단은 '과정으로서의 통일'과 '사람의 통일'이라는 통일 패러다임의 전환을 모색하고 있으며, 구체적으로 '소통·치유·통합'이라는 아젠다를 제시하고 있다.

김종군 | 건국대학교 통일인문학연구단 HK교수
김종곤 | 건국대학교 통일인문학연구단 HK연구교수
박재인 | 건국대학교 통일인문학연구단 HK연구교수
박성은 | 건국대학교 통일인문학연구단 연구원
한상효 | 건국대학교 통일인문학연구단 연구원
윤여환 | 건국대학교 통일인문학연구단 연구원